대마종 大魔宗
임영기 新무협 판타지 소설
FANTASTIC ORIENTAL HEROES

대마종 9
임영기 新무협 판타지 소설

초판 1쇄 찍은 날 § 2009년 3월 20일
초판 1쇄 펴낸 날 § 2009년 3월 27일

지은이 § 임영기
펴낸이 § 서경석

편집장 § 문혜영
편집 § 문정흠

펴낸곳 § 도서출판 청어람
등록번호 § 제1081-1-89호
등록일자 § 1999. 5. 31
어람번호 § 제2-1701호

주소 § 경기도 부천시 원미구 심곡2동 163-2 서경B/D 3F (우) 420-828
전화 § 032-656-4452 팩스 § 032-656-4453
http://www.chungeoram.com
E-mail § eoram99@chollian.net

ⓒ 임영기, 2008

ISBN 978-89-251-1734-8 04810
ISBN 978-89-251-1307-4 (세트)

※ 파본은 구입하신 서점에서 교환하여 드립니다.
※ 저자와 협의하여 인지를 붙이지 않습니다.
※ 이 책은 도서출판 청어람과 저작자의 계약에 의해 출판된 것이므로,
  무단 전재 및 유포·공유를 금합니다.

大魔宗

대마종

⑨

누란지위(累卵之危)

임영기 新무협 판타지 소설
FANTASTIC ORIENTAL HEROES

目次

제86장	정협맹으로	7
제87장	옥중애(獄中愛)	33
제88장	무공에는 주인이 없다	53
제89장	위대한 거짓말	81
제90장	녹천대련(綠天大聯)	107
제91장	고향	131
제92장	무림일축(武林一軸)	153
제93장	하늘을 울리는 정성	177
제94장	패배	201
제95장	십팔광세(十八狂勢)	229
제96장	마누라 길들이기	255

第八十六章
정협맹으로

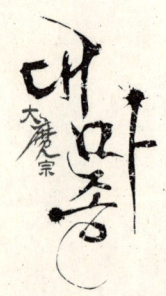

동정호의 여름밤이 벌레들의 울음소리와 함께 깊어간다.

그리고 여기 한 아름다운 소녀의 시름은 여름밤보다 더 깊어만 가고 있다.

악양성 외곽 동정호반에 자리 잡고 있는 그윽한 풍치를 자아내고 있는 어느 객점.

한 소녀가 호숫가 나무에 기대어 객점을 바라보고 있다.

소녀는 자미룡이다.

객점을 바라보고 있는 그녀의 얼굴에는 복잡한 표정이 가득했다.

간절함과 안타까움, 그리고 흥분과 원망이 마구 뒤섞였다.

그 복잡한 각자의 표정은 그녀의 지금 심정을 대변하는 것이고, 그것들 나름대로 다 이유가 있었다.

"아아악~! 아아~!"

그때 객점의 이층 어느 객방에서 여자의 처절한 비명 소리가 흘러나와 후덥지근한 여름밤의 공기 속으로 흩어졌다.

마치 누군가 예리한 칼로 여자의 온몸을 난도질하고 있는 것 같았다.

그래서 여자가 죽어가는 과정에서 처절하게 비명을 지르는 듯했다.

하지만 사실 그 비명은 이미 오래전부터 흘러나오고 있는 중이었다.

초저녁, 날이 채 어둡기 전인 유시(酉時:저녁 6시)부터 시작된 그 비명은 자정이 다 되어가고 있는 지금까지 끊임없이 계속되고 있었다.

어떤 여자가 칼에 찔려 죽어가면서 지르는 비명 소리인 것은 분명히 맞다.

하지만 목숨이 끊어지면서 내는 소리가 아니라 반대로 극도의 쾌락 때문에 숨이 넘어갈 듯 기분이 좋아서 내는 신음 소리였다.

또한 예리한 칼로 여자의 온몸을 난도질하는 것이 아니고, 크고 굵으며 뭉툭한 칼로 여자의 몸 한 부분을 집중적으로 무지막지하게 찌르는 것이었다.

"악악악! 아아악~!"

그 칼로 아예 여자의 몸을 관통시키는지, 비명 소리가 더 높고 날카롭게 변했다.

"미치겠어……."

자미룡은 눈도 깜빡이지 않은 채 객방의 이층 창문을 쏘아보면서 부르르 늘씬한 교구를 떨었다.

처음부터 남자를 아예 모르면 저런 소리를 들어도 무덤덤했을 것이다.

하지만 그녀는 몇 차례인가 독고풍의 손길에 녹초가 됐던 적이 있었다.

그게 어떤 기분이었지? 하고 아무리 생각해 봐도 좀처럼 떠오르지 않았었는데…….

저 숨이 넘어갈 듯한 비명 소리를 듣고는 자미룡의 몸이 먼저 반응을 하는 것이었다.

머리는 기억하지 못하는 느낌을, 몸이 기억하고 있다가 반사적으로 오그라들고 경직되면서 부들부들 떠는 것이다.

객방 이층에서 비명을 지르고 있는 여자는 다름 아닌 적멸가인이었다.

그녀는 독고풍의 삼부인 신분이라서 어디에서나, 그리고 언제라도 그의 품에 안길 수 있고, 저렇게 좋아 죽는다고 비명도 지를 수 있다.

그렇지만 자미룡은 여전히 독고풍의 수하의 신분을 벗어

나지 못하고 있었다.

 넉 달 전, 당하 강변의 대혈전 때 그녀는 극심한 중상을 입었었다.

 어느 날 치료를 받고 있는 그녀를 위로하기 위해서 냉운월이 찾아와 이런저런 얘기를 하던 중에 자미룡이 무적금위대에 선발됐다는 말을 해주었다.

 그리고 무적금위대주는 독고풍의 삼부인 적멸가인이 임명됐다는 말을 덧붙였다.

 그때 자미룡은 한껏 득의한 미소를 지으면서 냉운월에게 뽐내듯 말해주었다.

 "언니, 나는 곧 풍 랑의 네 번째 부인이 될 사람이에요. 그러니까 무적금위대에 내 대신 들어갈 사람을 지금부터라도 알아봐 두는 것이 좋을 거예요."

 자미룡은 당하대혈전 당시 자신이 독고풍의 등에 업혔을 때 그와 한 약속을 철석같이 믿고 있었다.

 비록 그녀가 다분히 억지를 부려서 얻어낸 약속이라고는 하지만, 독고풍이 약속을 지키지 않을 것이라고는 추호도 의심하지 않았다.

 그런데 자미룡이 깨끗하게 완쾌되어 자리를 털고 일어나 여러 차례 독고풍과 마주치거나 자리를 함께했는데도 그의 입에서는 그녀를 네 번째 부인으로 맞이한다는 말이 좀처럼 나오지 않았다.

자미룡이 치료를 받으면서 침상을 지키고 있는 두 달여 동안에 독고풍은 그녀를 세 번 찾아왔었다.

그녀는 그것을 몹시 고마워하고 또 의기양양했었는데, 역시 당하대혈전 당시 중상을 당해서 치료를 받고 있는 적멸가인에게는 독고풍이 거의 매일 찾아가 오랫동안 함께 있는다는 말을 나중에 다른 사람을 통해서 전해 듣고는 견디기 어려운 배신감과 절망을 느껴야만 했었다.

독고풍의 지극 정성 덕분인지 적멸가인은 자미룡보다 보름쯤 일찍 완쾌됐다.

자미룡은 완쾌 후 자신의 거처인 무적금위대 숙소에서 기거하며 독고풍이 불러줄 날을 학수고대했으나 그런 일은 결코 일어나지 않았다.

이후 무적금위대 임무에 합류한 그녀는 독고풍과 두 명의 부인의 측근에서 머물면서 그들의 일거수일투족을 지켜보게 되었다.

그 결과 독고풍이 좌청룡우백호처럼 은예상과 적멸가인을 한시도 곁에서 떼어놓지 않는다는 사실을 알게 되었다.

세 사람은 하루 종일 함께 행동했다. 식사는 물론 회의나 산책, 그리고 잠도 셋이 같이 잤다.

결국 자미룡은 독고풍이 당하대혈전에서의 그 약속을 잊어버렸거나 그녀를 네 번째 부인으로 맞이할 생각이 없다는 쪽으로 결론을 내릴 수밖에 없었다.

그녀 성격에 이 일을 그냥 넘어갈 수는 없었다. 그래서 독고풍을 만나 확인해 볼 생각을 했다.

그렇지만 그녀는 완쾌 이후 독고풍과 단독으로 대면할 기회를 잡지 못했다.

그가 은예상과 적멸가인, 두 명의 부인과 한시도 떨어져 있지 않았기 때문이다.

그리고는 결국 이곳까지 오고 말았다.

독고풍과 적멸가인은 부부로서, 자미룡은 그 부부를 호위하는 수하로서 말이다.

객점 이층 창에서는 여전히 적멸가인이 독고풍의 칼에 찔리면서 터뜨리는 황홀한 신음성이 흘러나오고 있었다.

만약 독고풍이 약속을 지켰다면, 지금 저 자리에 자미룡도 함께 있었을 것이다.

그리고 승리의 여신 같은 저 달뜬 신음성도 그녀의 입에서 흘러나오고 있었을 것이다.

자미룡은 주먹을 세게 움켜쥐었다.

'더 이상은 안 돼! 지금 결판을 내겠어!'

이어서 기대고 있던 나무에서 등을 떼고 객점을 향해 한 걸음 떼어놓았다.

"거기 서."

그때 뒤에서 낮으면서도 강한 목소리가 흘러나왔다.

돌아보니 냉운월이 완고한 표정으로 우뚝 서서 자미룡을

쏘아보고 있었다.

"언니……."

자미룡이 중상을 입고 누워 있는 동안 냉운월이 헌신적으로 돌봐주었다.

그것 때문에 자미룡은 그녀를 언니로 대하기로 작정했었다.

"하지 마라."

"언니는 내가 무엇을 하는 줄 알고……."

"주군께 억지를 부리러 가려는 것 아니냐?"

"무슨 억지라고……."

"억지 아니냐?"

냉운월의 표정이 근엄해졌다.

예전의 자미룡 같았으면 언니고 나발이고 한바탕 난리를 쳤을 것이다.

하지만 사람이란 상황에 따라서 변하게 마련이다. 더구나 급변하는 환경 앞에 놓인 사람은 더 빨리, 그리고 많이 변하는 법이다.

자미룡은 착잡한 표정을 지으며 고개를 떨구었다.

"억지 맞아요. 하지만 너무 억울해요."

"주군께서 약속을 지키지 않으셨다고 말하려는 것이냐?"

"그래요. 풍 랑은 나를 네 번째 부인으로 맞이하겠다고, 그리고 나와 동침을 하겠다고 분명히 약속했었다구요."

자미룡은 입술을 뾰로통하게 내밀고 항의했다.
"하나 묻겠다. 주군께서 스스로 약속하신 것이냐?"
"……."
"아니면 네가 강요했느냐?"
"……."
"강요했군."
자미룡은 두 주먹을 꼭 쥐고 거세게 항의했다.
"어쨌든 풍 랑이 약속을 했단 말이에요!"
"당하대혈전은 정말 참혹했었지. 그런 상황에서 주군께서 널 업고 계셨고, 중상을 입은 네가 그런 약속을 강요했다면 나라도 거절하지 못했을 것이다."
냉운월의 말이 마치 눈으로 본 것처럼 정확해서 자미룡은 할 말을 잃어버렸다.
냉운월의 목소리가 조금 더 준엄해졌다.
"하나 묻자. 너는 당하대혈전이 누구 때문에 벌어졌다고 생각하느냐?"
순간 자미룡은 한 자루 날카로운 비수가 심장에 깊숙이 꽂히는 듯한 충격을 받았다.
그 이후의 냉운월의 한마디 한마디는 자미룡의 온몸에 비수를 꽂아대고 있었다.
"그 당시에 너는 단지 운거장으로 돌아와서 위험을 알리는 것으로 그만두었어야만 했다. 혼자서 팔혼낭차를 미행한 것은 위험한 짓이었어. 결국 그것 때문에 우린 절친했던 동료를 열 명이나 잃었고, 무당파는 백칠십여 명의 제자를 잃었다. 너는 그것에 대해서 생각해 보거나 책임감을 느껴본 적이 있느냐?"

없었다. 단연코 그런 적은 한 번도 없었다. 자미룡의 머릿속에는 그저 오직 독고풍의 네 번째 부인이 될 생각만으로 가득 차 있었다.

그녀는 느끼지 못하고 있었지만, 그녀의 늘씬한 몸이 가늘게 떨리고 있었다.

냉운월은 자미룡을 보면서 가볍게 한숨을 쉬었으나 이참에 그녀의 잘못된 생각을 바로잡아야겠다고 작정하여 고삐를 늦추지 않았다.

"주군께선 그것에 대해서 너를 조금도 책망하지 않으셨다. 그런데 더 가관인 것은, 너 자신조차도 죄책감을 느끼지 못하고 있다는 사실이다."

자미룡의 눈에서 눈물이 후드드 떨어졌다.

"당하대혈전 이후 너는 주군의 명랑한 모습만 보았다. 그것은 측근들이 걱정을 할까 봐 주군께서 일부러 그러시는 것이다. 나는 주군께서 혼자 계실 때 괴로워하시는 모습을 여러 차례 목격했었다. 너는 주군께서 무엇을 괴로워하실 거라고 생각하느냐?"

죽은 무적금위대의 수하들, 아니, 가족들 때문일 것이다.

독고풍은 수하들을 모두 가족이라 여긴다. 그것은 측근일수록 더하다.

자미룡은 그것을 까맣게 모르고 있었다.

필경 독고풍은 제 살 열 점을 도려낸 것처럼 괴로워하고 있었을 것이다.

"그런데도 넌 어리석고 이기적이게도 네 번째 부인이 될 생각만 하고 있구나."

"어, 언니, 나는……."

냉운월은 마지막 쐐기를 자미룡의 심장에 깊숙이 꽂았다.

"명심해라. 그분은 너의 주군이지 연인이 아니다. 그리고 부인을 선택하는 것은 그분의 뜻으로 되는 것이지 너의 의지 따위는 상관이 없다."

냉운월은 휙 몸을 돌려 근처의 숲으로 걸어갔다.

자미룡은 그 자리에 우두커니 서 있다가 풀썩 주저앉아 두 손으로 얼굴을 가리고 흐느껴 울었다.

"으흐흐흑!"

독고풍과 적멸가인은 알몸으로 침상에 나란히 누워 있었다.

"하아아… 하아……."

적멸가인은 온몸이 땀에 흠뻑 젖어서 가쁜 숨을 토해냈다.

그럴 때마다 크고 탱탱한 젖가슴이 흔들리고 도도록한 아랫배가 오르내렸다.

　독고풍이 그녀 쪽으로 돌아누워 젖가슴을 부드럽게 어루만지며 미소를 지었다.

　"한 번 더 할까?"

　적멸가인은 아쉬운 표정을 지었다.

　"그러고 싶은데… 그랬다가는 죽을 것 같아요."

　"왜?"

　"너무 좋아서요."

　독고풍의 손이 뚝 멈추었다.

　그의 손가락이 적멸가인의 젖가슴에 난 가느다랗고 희미한 상처를 가만히 쓰다듬었다.

　그 상처는 그녀의 오른쪽 어깨에서 시작되어 오른쪽 젖가슴 안쪽을 지나 왼쪽 옆구리까지 길게 새겨져 있었다.

　독고풍이 치료를 하는 과정에서 온갖 방법을 사용하여 흉터가 남지 않게 하려고 애썼으나 끝내 희미하고 가느다란 흔적이 남고 말았다.

　적멸가인은 독고풍의 얼굴을 가만히 바라보았다. 그는 그녀의 상처를 주시하면서 여전히 손가락으로 부드럽게 쓰다듬고 있었다.

　"보기 흉하죠?"

　그와 수없이 많은 정사를 했고, 그때마다 알몸을 보여주었으나 이렇게 묻는 것은 지금이 처음이다.

"예뻐."

"피이… 흉터가 보기 흉하지 어떻게 예쁠 수 있어요?"

잠자리에서 요부가 되는 그녀의 눈 흘김은 가히 무쇠를 녹일 정도로 뇌쇄적이다.

그런데 독고풍의 표정은 무척 진지했다.

"나를 살리려다가 생긴 상처니까 예쁘지. 그때 네가 아니었으면 난 죽었을지도 모른다."

"설마… 당신은 금강불괴잖아요."

독고풍이 고개를 숙여 그녀의 상처에 입술을 대고 부드럽게 문질렀다.

"정아, 네가 있어서 나는 행복하다."

표현력이 부족한 독고풍의 그 말은 최고의 찬사였다.

적멸가인은 가슴이 뭉클해지면서, 짜릿한 전율이 발끝에서 머리끝까지 훑고 지나갔다.

행복에 겨워서 곧 죽을 것 같으면서도 여자들은 이럴 때 꼭 묻고 싶은 말이 있다.

"소녀를 사랑하세요?"

사랑한다는 것을 뻔히 알면서도 꼭 확인하고 싶은 것이다.

"그래."

"얼마나요?"

"음……."

적멸가인은 입술을 예쁘게 삐죽거렸다.

"대답을 못하는 것을 보니 소녀를 사랑하지 않는군요?"
이쯤에서는 확인보다는 약간의 장난기가 발동을 한다.
"대답을 원해?"
"네."
"알았어. 대답하지."
장난기는 슬며시 기대감으로 변했다. 적멸가인은 독고풍이 과연 자신을 얼마나 사랑한다고 표현할까 궁금해서 눈을 사르르 감았다.

그때 그녀는 온몸에 묵직한 무게감을 느꼈다. 독고풍이 그녀의 몸 위에 자신의 몸을 실은 것이다.

하라는 대답은 안 하고 왜 그러는가 싶어서 눈을 뜨려던 적멸가인은 다음 순간 외마디 비명을 질렀다.

"허억!"

독고풍이 그만의 뭉툭하고 강력한 칼로 그녀를 깊숙이 찌른 것이다.

그녀는 온몸이 뻣뻣하게 경직되면서 두 팔로 그의 어깨를 꽉 움켜잡았다.

마치 갑자기 밀어닥친 커다란 파도에 휩쓸리지 않으려고 반사적으로 나뭇가지를 붙잡은 듯한 행동이다.

독고풍이 천천히 하체를 움직이며 느긋한 얼굴로 물었다.
"대답이 됐어?"
적멸가인은 온몸을 바들바들 떨면서 대답을 하지 못했다.

독고풍의 칼이 그녀의 몸을 길고 깊게 꿰뚫고 있기 때문이었다.

인시(寅時:새벽 4시) 무렵.

자미룡은 숲 가장자리에 서서 저만치 객점 앞 호숫가를 하염없이 바라보고 있었다.

그녀의 시선이 끝나는 곳에는 독고풍이 장승처럼 우뚝 서 있었다.

독고풍은 벌써 반 시진째 저 자리에 서서 꼼짝도 하지 않고 있는 중이다.

물론 자미룡도 반 시진 동안 그를 응시하고 있었다.

그녀의 눈빛은 슬펐다. 독고풍의 표정이 너무도 슬퍼 보였기 때문이다.

그를 주시하고 있는 내내 자미룡은 냉운월의 말이 맞다는 것을 깨달았다.

"나는 주군께서 혼자 계실 때 괴로워하시는 모습을 여러 차례 목격했었다. 너는 주군께서 무엇을 괴로워하실 거라고 생각하느냐?"

자미룡은 비로소 자신이 얼마나 큰 잘못을 저질렀는지를 깨달았다.

그리고 그것 때문에 독고풍이 얼마나 괴로워하고 있는지를 알게 되었다.

또한 그럼에도 불구하고 그가 자미룡 자신을 벌하지도, 꾸짖지도 않았다는 사실에 감사했다.

그렇다고 해서 독고풍의 네 번째 부인이 되겠다는 열망이 그녀의 마음에서 사라진 것은 아니었다.

그것은 그것이고 이것은 이것이다, 라는 그녀만의 논리였지만, 그녀는 죄책감과 열망을 작은 가슴속에 동시에 품는 것을 망설이지 않았다.

어제 늦은 오후에 독고풍과 적멸가인이 악양성에 들어온 사실은 이미 정협맹 총단에 보고가 된 상태였다.

아니, 정협맹은 두 사람이 무창성에 도착했을 때부터 그들을 감지하고 줄곧 감시를 해왔었다.

하지만 두 사람 주위에는 무적금위대가 그림자처럼 호위하고 있어서 가까이 접근할 수 없었다.

명실공히 당금 무림 사독요마의 절대자라고 할 수 있는 무적방주 혈풍신옥이 정협맹 심장부 한복판에 들어왔으니, 정협맹 전체에 비상이 내려진 것은 당연한 일이다.

그렇지만 정협맹 수뇌부는 혈풍신옥에게 오해를 살 만한 행동을 일체 금지시켰다.

혈풍신옥 근처에 접근하지도, 그가 무엇을 하든 일체 방해하지도 말라는 것이다.

일전에 정협맹주 옥검신룡 북궁연은 이차 혼천대전의 대영웅이 전대 대마종 마군황이었다는 사실을 만천하에 밝히고, 사독요마를 무림의 축계로 인정하여 그들과 함께 중원무림의 안녕을 도모하겠다는 경천동지할 발표를 하면서 사독요마에게 화해의 손을 내밀었었다.

그러나 혈풍신옥은 그 손을 잡기는커녕 일말의 반응도 보이지 않았었다.

오히려 악양성까지 잠입하여 사해방을 전멸시키는가 하면, 북궁연의 사매인 적멸가인과 이십오맹숙의 한 명인 은비전검 하승인, 그리고 정협맹 최정예인 정영고수 오백 명을 독살하여 정협맹의 뒤통수를 쳤었다.

이후 북궁연은 정검단 풍단주인 유성검 화영에게 적멸가인을 찾으라고 특명을 내렸었다.

그러나 끝내 적멸가인의 흔적조차 찾지 못하자 그녀가 은비전검, 오백 명의 정영고수와 함께 독살당했을 것이라는 결론을 내렸었다.

그런데 적멸가인이 혈풍신옥과 나란히 무창성에 나타나더니 오래지 않아서 악양성까지 들어온 것이다.

정협맹에 비상령이 내려진 가운데 팽팽한 긴장이 군산과 악양을 뒤덮었다.

정협맹 수뇌부를 당황하게 만든 것은, 물론 혈풍신옥이 악양성에 무엇 때문에 나타났느냐는 것이지만, 또 하나는 적멸가인이 어째서 혈풍신옥과 함께 있느냐는 것이다.

보고에 의하면, 두 사람은 어디에서나 마치 부부처럼 행동한다고 했다.

사독요마의 절대자와 정협맹주의 사매라는 신분은 결코 어울리지 않는다.

그런 두 사람이 부부처럼 행동하고 있으니, 정협맹 지도부가 놀라고도 당황하는 것은 당연했다.

또 한 가지 알 수 없는 일은, 두 사람이 세상의 이목을 꺼려하지 않고 버젓이 모습을 드러내 놓고 다닌다는 사실이다.

정협맹 수뇌부 내에서는 수많은 의견과 추측들이 난무했으나 속 시원한 해석은 나오지 않았다.

그러나 정협맹 수뇌부의 궁금증은 오래지 않아서 풀어졌다.

혈풍신옥과 적멸가인이 악양성 포구에서 한 척의 배를 빌려 타고 곧장 군산으로 향했기 때문이다.

그들의 목적지는 바로 군산 정협맹이었던 것이다.

군산 포구에는 백 명의 고수가 두 줄로 늘어서 있었다.

그리고 한 명의 황의를 입고 한 자루 청강검을 멘 청년고수가 악양성 쪽을 향해 포구에 우뚝 서 있었다.

청년고수는 다름 아닌 유성검 화영이었다.

그는 예전에 정협맹 정감단 풍단주였으나 현재는 제일대주의 신분이다.

원래 정협맹 군산 총단의 조직은 장로회의인 이십오맹숙과 풍, 운, 광으로 이루어진 정감단, 그리고 십부(十府) 이천칠백 명의 정영고수와 팔전(八殿) 팔천 명의 정협고수로 이루어졌었다.

그랬던 것을, 이십오맹숙이 정협십이성으로 축소되었고, 십부가 정협삼단(正俠三團), 팔전이 팔룡전대(八龍戰隊)로 개편되었다.

정협삼단은 원래 이천칠백여 명이었으나 무적방에게 오백 명이 독살을 당하여 이천이백 명으로 줄었다. 이후 팔백 명을 보강하여 삼천 명으로 만들어서 각 단은 천 명의 정영고수를 보유하고 있다.

정감단 풍단주였던 화영은 정협삼단 제일단주로 자리를 옮겼다.

예전의 정감단은 이십오맹숙 직속이었고, 정협삼단주는 맹주 바로 아래 지위니까 화영은 승급을 한 셈이다.

화영은 포구로 가까이 다가오고 있는 한 척의 배를 뚫어지게 주시하고 있었다.

배의 앞 갑판에 일남 일녀가 나란히 서 있는 모습이 선명하게 보였다.

독고풍과 적멸가인이었다.

정협맹 지도부는 혈풍신옥과 적멸가인이 악양 포구에서 배를 탔다는 보고를 받고 즉시 화영을 포구로 보냈다.

믿기 어려운 일이지만, 혈풍신옥이 정협맹을 방문하려는 것일지도 모른다는 생각에서였다.

만약 그럴 경우에 일대 종사(一代宗師)를 맞이하는 예를 다 하라고 북궁연이 화영에게 직접 지시했다.

그런데 과연 추측이 현실로 드러났다.

당금 무림의 가장 큰 화두의 주인공인 혈풍신옥이 몸소 정협맹을 방문하는 역사적인 일이 벌어진 것이다.

사독요마의 절대자가 정파의 심장부를 방문한다는 것은 전대미문의 일이다.

독고풍은 우뚝 서 있고, 적멸가인이 두 팔로 그의 팔을 잡아 가슴에 끌어안은 채 어깨에 기대 있는 모습이다.

화영의 얼굴빛이 흐려졌다. 적멸가인이 혈풍신옥과 함께 있다는, 그것도 매우 다정한 모습이라는 보고를 들었을 때에는 반신반의했었다.

그런데 막상 자신의 눈으로 확인을 하니까 믿게 되는 것보다는 의혹과 불신이 더욱 증폭됐다.

사람들은 남녀의 모습과 자연스러운 행동만 보고도 그들의 관계를 어렵지 않게 짐작한다.

그렇게 봤을 때, 혈풍신옥과 적멸가인은 연인 같았다. 물론 육체관계까지 맺은 깊은 사이인 것도 짐작할 수 있었다.

적멸가인은 화영이 깊이 짝사랑했던 여자다. 아니, 지금도 사랑하고 있다.

그녀가 대체 어떻게 해서 혈풍신옥의 연인이 되었는지 화영의 머리로는 도저히 터럭만 한 단서조차 짐작할 수가 없다.

화영은 적멸가인에게서 시선을 떼지 못하고 있었지만, 그녀는 혈풍신옥의 얼굴에서 시선을 떼지 못하고 있었다. 그녀의 얼굴은 행복으로 가득 물들었으며, 눈에는 애정이 듬뿍 담겨 있었다.

그런 것으로 봐서는 혈풍신옥보다 그녀가 더 열렬히 사랑하고 있는 듯했다.

혈풍신옥은 포구를 보고 있지 않았다. 그는 포구에서 이어지는 긴 언덕 위쪽에 버티고 있는 정협맹 총단을 묵묵히 응시하고 있었다.

혈풍신옥과 적멸가인 뒤에는 네 명의 호위고수가, 그리고 뒤 갑판에는 십육 명의 호위고수가 흔들리는 배 위에서도 미동조차 하지 않은 자세로 서 있는 모습이 보였다.

쿵!

배가 포구에 닿자 선원이 발판을 내렸다.

이윽고 독고풍과 적멸가인이 포구로 내려섰고, 그 뒤를 무적금위대 이십 명이 따라 내렸다.

배에서 내린 독고풍과 적멸가인은 자연히 화영 앞에 멈춰 서게 되었다.

화영은 정중히 포권을 하고 약간 고개를 숙이면서 나직하지만 웅혼한 목소리로 입을 열었다.

"무적방주께서 본 맹에 무슨 일로 왕림하셨습니까?"

사독요마의 절대자를 대하는 예로써 부족하지 않았으나 자신을 지나치게 굽히지도 않았다.

독고풍은 담담한 어조로 말문을 열었다.

"정협맹주를 만나러 왔네."

화영은 허리를 펴고 독고풍을 정면으로 응시했다.

"무슨 일로 본 맹주를 만나려는 것입니까?"

독고풍은 담담하게 미소 지었다.

"그것을 자네에게 말해주면 내가 정협맹주를 만날 이유가 없지 않은가?"

방금 화영의 질문은 개인적인 의문에서였다. 그러나 과연 독고풍의 말이 옳다.

그가 전격적으로 정협맹주를 만나러 왔다면 필경 매우 중차대한 일일 텐데 화영이 묻는다고 순순히 대답을 하겠는가.

화영은 날카롭게 독고풍을 살폈다.

방금 전까지만 해도 적멸가인에게 온 신경을 쏟고 있었는데, 막상 혈풍신옥을 눈앞에 대하자 적멸가인이라는 존재를 까맣게 잊어버렸다.

화영은 열 달쯤 전에 항주성 황룡표국에서 직접 독고풍을 대면한 적이 있었다.

그때 화영은 생애 최초이며, 죽을 때까지 씻지 못할 치욕을 당했었다.

구룡방주인 극신도황 구양중겸의 죽음을 조사하러 갔다가, 지휘자인 천중검협이 단 일 초식 만에 혈풍신옥에게 죽임을 당했으며, 화영의 수하 이십 명도 죽임을 당했다.

그런데 혈풍신옥은 마지막 순간에 많은 사람들이 보는 자리에서 화영을 살려주었다.

그래서 기세등등하게 정협맹을 출발했던 화영은 혼자서 초라하게 정협맹으로 돌아와야만 했었다.

그때의 치떨리는 수치와 모멸감이라는 것은, 당해보지 않은 사람은 결코 모를 것이다.

그는 살아서 돌아온 자신이 가증스러웠고, 살아 있다는 자체가 짐스러웠다.

그러나 화영은 어째서 혈풍신옥이 자신을 살려주었는지 그 이유를 지금까지도 모르고 있었다.

하지만 그것에 대한 궁금증보다는 치욕이 더 컸다. 그리고 그 치욕을 기필코 씻어야 한다는 결심은 그의 평생의 과제가 되었다.

그렇기에 그는 결코 혈풍신옥에게 좋은 감정을 갖고 있을 수가 없었다.

이후 혈풍신옥이 어떤 일을 하더라도 화영의 그런 감정은 변하지 않을 것이다.

그 당시에 화영이 느낀 혈풍신옥의 첫인상은 한마디로 '모순덩어리'였다.

그 당시 혈풍신옥은 황룡표국주의 의자에 앉은 천중검협에게 '객이 주인의 자리를 뺏는 것이 아니다'라는 식의 말로 훈계를 했었다.

이후 한 번도 본 적이 없는 초극강의 무공으로 천중검협을 단 일 초식에 형체도 남기지 않을 정도로 즉사시켰는가 하면, 화영과 수하들을 순식간에 중독시켰다가 또 눈 깜짝할 사이에 해독시켜 주고, 수하들을 모두 죽이고 나서는 화영 혼자만 살려주었다.

그는 도무지 종잡을 수 없는 성격의 소유자였다. 자기 기분 내키는 대로 행동하는가 하면, 배운 것 없는 무식함, 그 자체를 보여주기도 했다.

그런 혈풍신옥이 열 달 만에 화영 앞에 다시 나타난 것이다.

화영은 잠시 침묵을 지키며 그에게 무슨 말을 할 것인가를 생각했다. 하지만 생각은 길지 않았다.

독고풍이 걸음을 옮겨 화영의 곁을 스쳐 지나가며 툭 말을 던졌기 때문이다.

"정협맹주에게 안내하게."

그때 화영은 퍼뜩 깨달았다, 혈풍신옥이 자신을 만나러 온 것이 아니라 사독요마의 절대자로서 정파의 절대자인 정협맹주를 만나러 왔다는 사실을.

독고풍과 적멸가인은 거침없이 완만한 경사의 언덕을 향해 걸어갔고, 이십 명의 무적금위대가 그 뒤를 따랐다.

화영은 암울한 눈빛으로 두 사람의 뒷모습을 쳐다보았다.

수만 가지 생각들이 그의 머릿속에서 복잡하게 교차했다.

그러면서 두 가지 생각이 오롯이 떠올랐다.

혈풍신옥이 예전의 모습하고는 조금 달라진 것 같다는 사실과, 그가 이제는 자신의 손이 닿지 않는 위치에 올랐다는 사실이다.

그리고 그 직후에 다시 한 가지를 깨달았다.

적멸가인이 단 한 차례도 화영 자신에게 시선을 주지 않았다는 것이다.

"단주."

그때 가장 가까이에 있던 제일 부단주가 조심스럽게 화영을 부르며 그를 일깨웠다.

화영이 쳐다보자 부단주는 눈으로 혈풍신옥과 적멸가인을 가리켰다. 두 사람을 호위하고 안내해야 하는 것이 아닌가, 하는 물음이었다.

퍼뜩 정신을 차린 화영은 서둘러 손짓으로 백 명의 정영고수에게 두 사람을 좌우에서 호위하라고 지시했다.

第八十七章
옥중애(獄中愛)

그그긍!

 거대하면서도 육중한 정협맹 총단의 전문이 좌우로 활짝 열렸다.

 독고풍과 적멸가인, 그리고 무적금위대는 거침없이 전문 안으로 걸어 들어갔다.

 뒤따르던 화영은 그 광경을 보면서 뒤늦게 또 한 가지 사실을 깨달았다.

 아주 중요한 사실인데도 왜 그처럼 늦게 깨달았는지 모를 일이다.

 아마도 혈풍신옥을 직접 대면하는 순간 두뇌 회전이 잠시 멈춰 있었던 듯했다.

혈풍신옥이 적멸가인과 이십 명의 수하만 대동한 채 정협맹 총단에 찾아왔다는 사실을 지금에야 깨달은 화영은 또다시 새로운 충격에 휩싸였다.

정협맹 총단에는 맹주와 정협십이성 이하 정협삼단과 팔룡전대 총 만 천여 명의 고수가 도사리고 있다.

제아무리 혈풍신옥 아니라 열 명의 혈풍신옥이 와도 정협맹이 마음먹기에 따라서는 그를 이곳에 뼈를 묻게 할 수도 있거나 영원히 감금할 수도 있는 것이다.

머리가 비거나 미치지 않은 이상 혈풍신옥이나 적멸가인은 그런 사실을 잘 알고 있을 것이다.

그러면서도 이곳에 왔다.

비록 제이대 정협맹주인 북궁연이 사독요마에 대해서 전격적인 발표를 했다고 하더라도, 이곳은 여전히 진명유림의 총본산이다.

그러므로 그 밑바닥에는 수천 년 세월 동안 켜켜이 쌓여진 사독요마에 대한 배타적인, 그리고 경원감이 있을 터이다.

화영은 혈풍신옥이 목숨을 걸고 이곳에 왔을 것이라고 생각했다. 그래서 그의 배짱에 적이 감탄했다.

하지만 도대체 그 무엇이 그렇게까지 하면서 그를 이곳으로 오게 했는지 궁금하기 짝이 없었다.

그러면서 화영은 혈풍신옥에 대해서 한 가지 사실을 인정해야만 했다.

'배포가 큰 자다.'

무슨 이유든, 어떤 목적을 지니고 있든, 웬만한 배포를 갖고는 이런 행동을 하지 못할 것이다.

북궁연은 혈풍신옥과 적멸가인을 태운 배가 군산으로 향하고 있다는 보고를 듣고는 크게 당황했다.

아니, 사실 그는 그 두 사람이 무창성에 출현했다는 보고를 들었을 때부터 당황하고 또 바짝 긴장했다.

반은 혈풍신옥, 나머지 반은 적멸가인 때문이었다.

물론 북궁연은 혈풍신옥과 적멸가인이 부부처럼 행동하더라는 보고를 받았다.

그 충격은 적멸가인이 독살당해서 죽었을 것이라는 화영의 최종 보고를 들었을 때보다 훨씬 더 컸다.

차라리 적멸가인이 죽었더라면 그녀는 북궁연에게 순결한 사매의 모습으로 영원히 기억됐을 것이다.

그런데 전혀 뜻하지 않게 혈풍신옥의 연인이 되어 다섯 달여 만에 나타난 것이다.

북궁연은 제이대 정협맹주가 되어 사독요마에 대해서 발표를 할 때까지만 해도 그는 혈풍신옥에 대해서 별다른 악감정을 갖고 있지 않았다.

자신이 혈풍신옥이었다고 해도 그보다 더했으면 더했지

못하지는 않았을 것이라고 오히려 이해하는 쪽이었다.

그런데 그 발표 이후에 혈풍신옥은 사해방을 전멸시켰다. 그랬어도 아직 북궁연 자신의 뜻이 그에게 제대로 전달되지 않았기 때문이라고 스스로를 위로했었다.

하지만 그 직후에 은비전검과 오백 명의 정영고수가 독살됐으며, 결국 적멸가인마저 독살당했을 것이라는 최종 결론이 나오자 북궁연은 처음으로 혈풍신옥에 대해서 분노를 느꼈었다.

공적인 일에 사적인 감정을 연루시켜서는 안 된다고 생각하면서도, 적멸가인을 사랑했던 마음이 크고 깊었던 만큼 혈풍신옥에 대한 분노도 크고 깊었다.

하지만 그는 진정으로 중원무림의 안녕과 평화를 위하는 청년 협객이다.

그래서 전대의 나이 든 사람들이 잘못한 모든 것들을 바로잡기 위해서 사부를 배신하여 내치고 자신이 정협맹주의 지위에 올랐던 것이다.

중원무림이 평화로우려면, 그리고 미구에 닥칠지 모르는 대천신등의 중원 재침공에 대처하려면 반드시 사독요마와 화친을 해야만 한다는 것이 북궁연의 평소 지론이었다.

그래서 그는 적멸가인이 혈풍신옥에게 독살당했을 것이라는 최종 보고를 접한 이후부터 자신의 사사로운 감정과 분노를 삭이려고 무던히도 애를 썼었다.

그래서 다섯 달이 지난 현재, 그는 더 이상 혈풍신옥을 증오하지 않으며, 또 죽은 적멸가인에 대한 미련도 단호하게 끊었다고 스스로 생각하게 되었다.

그렇게 하여 무공 연마에 절치부심하고, 과거 정협맹이 저지른 폐단을 바로잡는 일에 전력을 다했다.

그런데 느닷없이 혈풍신옥과 적멸가인에 대한 보고가 날아든 것이다.

그리고 그 두 사람이 끝내 군산 정협맹, 북궁연의 안방까지 들이닥쳤다.

혈풍신옥과 적멸가인이 군산 포구에 도착했다는 보고와 정협맹 전문을 통과했다는 보고가 연이어 날아들었으나, 그때까지도 북궁연은 그들을 어디에서 어떻게 맞이해야 할는지 결정하지 못하고 있었다.

적멸가인이 살아 있으며, 그녀가 혈풍신옥의 연인이 됐다는 사실에 가려져서 사독요마의 절대자인 혈풍신옥이 정협맹을 방문했다는 굉장한 일이 북궁연에게 무게감을 주지 못하고 있었다.

그는 정신을 가다듬기 위해서 운공조식을 시작했다.

혈풍신옥과 적멸가인이 전문을 통과했다는 보고를 받았지만, 머리가 혼란한 상태에서 그들을 만나는 것보다는 기다리게 하는 것이 낫다는 판단을 한 것이다.

맹주 최측근 호위대인 정위천(正衛天)의 고수, 즉 위천사(衛

天土)가 혈풍신옥과 적멸가인이 정협총각 앞에 당도했다는 보고를 하러 왔다가 운공조식을 하고 있는 북궁연 옆에서 그를 기다려야만 했다.

결국 북궁연은 혈풍신옥과 적멸가인을 반 시진 동안 기다리게 한 후에야 운공조식에서 깨어났다.

정협총각은 정협맹주의 집무실이며 맹 내의 거의 모든 대소사를 결정하는 곳이다.

그렇기 때문에 정협맹 내의 중심부에 위치해 있으며 또 경비가 가장 삼엄한 곳이기도 하다.

독고풍과 적멸가인은 의자에 나란히 앉아서 차를 마시며 낮은 소리로 담소를 나누고 있었다.

두 사람은 벌써 반 시진 가까이 기다리고 있었지만 아직도 북궁연이 모습을 나타내지 않고 있으며, 처음에 안내된 이곳에서 다섯 잔 이상의 차만 마시고 있는 중이었다.

이 방에는 사방에 창이 하나도 없다. 단지 복판에 탁자가 놓여 있으며, 사방 벽에 서가와 장식장, 십여 종류의 화분이 놓인 화대(花臺)가 있을 뿐이다.

적멸가인은 이곳이 어딘지 알고 있었다. 이곳 사방 벽은 언뜻 보기에는 나무 같지만, 실상은 그 안쪽에 두께 반 자의 두꺼운 철벽으로 이루어져 있었다.

그러므로 절정고수라고 해도 이 방에 일단 들어오면 밖에서 문을 열어주지 않는 한 빠져나가는 것이 불가능하다.

과거 정협맹은 좋지 않은 목적으로 찾아온 손님이나 제압해야 할 고수를 이 방으로 유인하여 목적했던 바를 한 번도 실패한 적이 없었다.

화영의 임무는 혈풍신옥과 적멸가인을 정협총각까지 안내하는 것으로 끝났다.

그곳에서 두 사람을 인계받은 정위천장(正衛天長)은 망설임없이 곧장 이 방으로 안내했다.

맹주에게서 아무런 지시가 없었기에 순전히 자신의 재량으로 그런 결정을 내린 것이다.

이유야 충분했다. 상대는 사독요마의 절대자인 무적방주 혈풍신옥이 아닌가. 당금 무림에서 그보다 더 위험한 인물은 없을 것이다.

적멸가인은 정위천장이 이층 이 방으로 안내할 때에 가볍게 놀라 즉시 이 방의 용도에 대해서 독고풍에게 전음으로 설명하고 따라 들어가선 안 된다고 주의를 주었다.

하지만 독고풍은 듣지 못한 듯 태연히 이 방에 따라 들어왔으며, 오히려 불안해하는 적멸가인에게 전음으로 농담을 하면서 위로를 했다.

적멸가인은 그의 걸쭉하고 재치있는 입담에 고개를 젖히고 까르륵 웃었으나 마음 한구석의 염려를 완전히 떨쳐 낼 수는 없었다.

독고풍에게 대동협맹의 맹주인 태무천을 만나기 전에 정협맹주인 북궁연을 만나보라고 권한 사람은 적멸가인이다.

대천신등의 중원 재침공에 대해서 상의를 한다거나 더 나아가 손을 잡더라도 대동협맹보다는 정협맹이 훨씬 낫다는 생각에서였다.

물론 그녀가 정협맹이 과거 자신이 몸을 담았던 곳이라는 선입견을 철저히 배제한 것은 당연한 일이었다.

독고풍은 자신이 아끼는 부인의 권유를 거절할 수 없어서인지, 아니면 달리 무슨 생각이 있어서인지 선뜻 그러겠다고 고개를 끄덕였었다.

적멸가인은 독고풍과 북궁연이 만나는 장소를 무적방도 정협맹도 아닌 제삼의 장소로 할 생각이었다.

그런데 독고풍은 가타부타 말도 없이 곧장 정협맹으로 찾아온 것이다.

어쩌려고 그러느냐는 적멸가인의 물음에, 정협맹주가 정협맹에 있으니까 만나러 가는 것뿐이라고 천연덕스럽게 대답하는 독고풍이었다.

적멸가인은 어이가 없었으나 곧 '호호훗! 과연 풍 랑다워요!' 라고 웃고는 이후 그 일에 대해서는 두 번 다시 거론하지 않았다.

그즈음의 그녀에게서는 과거 적멸가인의 흔적은 눈을 씻고도 찾아볼 수가 없었다.

그녀는 철저하게 '독고풍의 여자'가 돼버린 것이다.

그래서 말이나 행동, 생각하는 것까지도 독고풍을 송두리째 닮아버렸다.

"그런데……."

독고풍이 진지한 표정을 짓자 적멸가인도 덩달아 진지한 표정을 지었다.

"말씀하세요."

그런데 그다음에 나온 말은 전혀 예상 밖이었다.

"그거 할 때 말이야, 넌 어떻게 하는 게 제일 좋지?"

적멸가인은 무슨 뜻인가 싶어서 흑백이 또렷한 눈을 깜빡이면서 한동안 그 말을 속으로 반추했다.

그러다가 한순간 '그거'가 무엇인지 깨닫고 독고풍 품으로 쓰러지면서 숨이 넘어가는 듯한 웃음을 터뜨렸다.

"깔깔깔깔깔—! 아유~! 웃겨서 나 죽어요~!"

"나는 정말 궁금해서 묻는 거야. 그거 할 때 넌 어떨 때는 꼬랑지에 불이 붙은 말처럼 소리를 지르기도 하고, 또 어떨 때는 모가지가 비틀린 닭의 비명 같은 소리를 지르기도 하고, 또 어떨 때는 아무 소리도 내지 않으면서 숨도 쉬지 않고 곧 죽을 것처럼 몸을 바들바들 떨기만 하던데… 도대체 그중에서 제일 좋은 게 뭐지?"

독고풍이 자신의 허벅지에 엎드려 웃음을 참느라 진땀을 빼는 적멸가인의 등을 쓰다듬으면서 중얼거렸다.

그러자 적멸가인은 독고풍이 방금 말한 세 번째 표현 같은 반응을 보였다.

즉, 아무 소리도 내지 않으면서 숨도 쉬지 않고 곧 죽을 것처럼 몸을 바들바들 떨기만 했다.

독고풍의 설명이 하도 적나라하고 웃겨서 숨이 끊어질 것 같은 것이다.

적멸가인은 독고풍의 허벅지에 얼굴을 묻고 한참이나 바동거리다가 간신히 웃음을 그치고 일어나 눈물범벅인 얼굴로 짧게 대답했다.

"뒤로 하는 거."

그래놓고는 자신의 대답이 웃겨서 또다시 독고풍 무릎에 쓰러져서 발버둥을 치면서 웃어댔다.

"맹주께선?"

정협총각 일층 대전으로 들어선 화영이 대전을 서성거리고 있는 정위천장에게 물었다.

정위천은 북궁연이 새로 신설시킨 조직으로써, 맹주의 호위대이며 모두 사십 명이다.

열 개의 조(組)로 이루어졌으며, 각 조장은 대대주이고 세 명의 중대주가 조원들이다.

그들은 과거 정협맹 최정예고수인 십부의 대대주 열 명과 중대주 삼십 명으로 이루어졌다.

정위천장은 예전에 제일부의 대대주였던 감중곤(坎仲坤)이라는 삼십이 세의 강직한 인물이다.

정위천장 감중곤은 계단 쪽을 처다보면서 애매한 표정으로 슬쩍 미간을 좁혔다.

"아직 운공조식 중이십니다."

감중곤이 맹주의 최측근인 정위천장이라는 막강한 신분이지만, 맹주와 호형호제하는 화영에 비할 바는 아니라서 공손히 대답했다.

"운공조식이라니? 맹주께서 대체 언제부터 운공조식을 하고 계셨나?"

"수하의 말에 의하면, 혈풍신옥이 전문을 통과했다는 보고를 들으신 직후라고 합니다."

화영은 북궁연이 왜 갑자기 운공조식을 하기 시작했는지 이유를 알 수 있을 것 같았다.

할 수만 있다면 화영 역시 이 혼란한 머리를 진정시키기 위해서 운공조식을 하고 싶었다.

하지만 지금은 운공조식을 하면서 혈풍신옥을 기다리게 할 때가 아니다.

자칫 실수라도 할라 치면 진명유림 전체와 사독요마 전체가 어긋나 버리고 마는 것이다.

"그들을 어디로 안내했나?"

화영이 말하는 '그들'은 당연히 혈풍신옥과 적멸가인이다.

"철밀옥(鐵密獄)에 가뒀습니다."

"이런……."

화영의 안색이 홱 급변하여 낮게 외쳤다.

"어쩌자고 그런 짓을 한 것인가?"

감중곤은 오히려 화영을 이해하지 못하겠다는 듯한 표정을 지었다.

"놈이 혈풍신옥이라는 사실을 잊었습니까?"

화영은 더 들어볼 것도 없다는 듯 굳은 얼굴로 쏜살같이 계단으로 달려갔다.

감중곤을 나무랄 수는 없다. 대변혁을 꾀하고 있는 북궁연의 계획과 생각이 아직 수하들에게 골고루 주입되지 않았음을 탓할 수밖에 없는 일이다.

북궁연은 진명유림의 개혁을 부르짖으면서 너무 앞서 나가고 있었다.

사독요마는 영원한 진명유림의 숙적이라는 사실이 골수에까지 뿌리박혀 있는 정협맹 대다수 수하들에게 북궁연의 개혁은 아직 생소한 것일 수밖에 없는 것이다.

화영이 이층에 막 올라섰을 때, 삼층으로 뻗은 계단에서 운공조식을 마친 북궁연이 내려오고 있는 것이 보였다.

"일단주, 그들은 어디에 있는가?"

북궁연이 아까보다 훨씬 나아진 신색으로 물었다.

화영은 즉시 멈춰서 공손히 예를 취한 후 씁쓸한 표정으로 대답했다.

"철밀옥에 있습니다."

순간 북궁연은 해연히 놀랐다.

"일대 종사를 철밀옥으로 안내하다니, 도대체 어쩌려고 그런 것인가?"

뒤따라 올라오던 감중곤이 북궁연의 꾸지람을 듣고 안색이 하얗게 질렸다.

"용… 서하십시오."

크게 당황한 감중곤이 급히 부복하며 용서를 구할 때 이미 북궁연과 화영은 철밀옥을 향해 앞서거니 뒤서거니 바람처럼 달려가고 있었다.

철밀옥에 사람을 가두고 사나흘 정도 지나면 대부분 질식사를 하거나 그와 비슷한 상태가 돼버린다.

철밀옥은 사방이 철벽일 뿐만 아니라 공기조차 조금도 틈입하지 못하기 때문이다.

그래서 그곳에 가둔 자를 굳이 공격하지 않아도 시간이 지나면 자연히 질식하고 마는 것이다.

공기가 통하지 않으니 소리가 단절되는 것은 당연하다.

북궁연과 화영이 철밀옥 입구에 이르렀지만 안에서 무슨 일이 벌어지고 있는지 알 수 없었다.

화영이 뒤따라온 감중곤에게서 뺏듯이 열쇠를 받아 철문에 매달린 세 개의 커다란 자물쇠를 서둘러 열고는 철문을 좌우로 가로지른 굵은 쇠막대를 잡아당겼다.

그긍—

문이 채 반도 열리기 전에 북궁연과 화영이 안으로 달려들어 갔다.

"까르르르— 깔깔깔깔!"

그 순간 그들의 고막을 두드리는 짤랑짤랑한 여자의 웃음소리가 터져 나왔다.

세 사람은 놀란 얼굴로 웃음소리가 들려온 곳을 쳐다보다가 그 자리에서 얼어붙었다.

그들 앞에는 희한한 광경이 벌어져 있었다.

의자에 앉은 독고풍의 허벅지에 적멸가인이 마주 보는 자세로 걸터앉아서 양손으로 그의 양어깨를 잡은 채 상체를 뒤로 젖히고 숨이 넘어갈 듯이 웃고 있는 광경이었다.

독고풍은 두 팔로 적멸가인의 허리를 바짝 끌어안았고, 그녀의 치마는 말려 올라가서 새하얗게 눈부신 허벅지가 노출된 상태였다.

상체와 고개를 뒤로 젖힌 그녀의 검고 긴 머리카락이 물결처럼 출렁였으며, 길고 흰 목과 갸름한 턱 선, 보송보송한 귀밑머리, 앙증맞은 귀가 너무도 예뻤다.

북궁연과 화영은 적멸가인이 저처럼 건강하고 해맑게 웃는 모습을 처음 보았다.

아니, 정협맹에 있을 때의 그녀는 웃는 모습을 거의 보여주지 않았었다.

 웃어야 할 때에는 그저 입술 끝을 약간 움직여서 희미한 미소를 짓는 것이 전부였었다.

 순간적으로 북궁연과 화영은 눈앞의 여자가 자신들이 과거에 알고 있는 여자와 다른 사람일지도 모른다는 생각이 들었다.

 더구나 적멸가인은 치마를 입고 있다. 예전에 그녀는 몸만 여자일 뿐, 남자처럼 행동했었다.

 치마를 입으면 행동이 불편하다면서 한 번도 치마를 입은 적이 없으며, 치마를 입은 무림의 여자들을 경멸하기까지 했던 그녀가 지금은 보란 듯이 치마를 입고 있으며, 그것이 말려 올라가 새하얀 허벅지를 드러내 놓고 있는 것이다.

 그녀는 여자가 되어 있었다.

 무엇이 그리 우스운지 적멸가인은 한참 동안 상체를 흔들면서 깔깔대며 웃었고, 북궁연과 화영은 그 모습을 보면서 꼼짝도 하지 못했다.

 사람이란 어떤 상황에서는 극히 짧은 순간에도 상상할 수 없을 만큼 많은 생각을 한다.

 그렇지만 반대의 경우, 긴 시간 동안 머릿속이 텅 빈 것처럼 아무 생각도 하지 못할 때가 있다.

 지금 북궁연과 화영의 경우가 후자 쪽이었다.

 두 사람은 자신들이 무엇 때문에 이곳에 왔는지조차도 망각하고 있었다.

적멸가인의 흐드러진 웃음은 그만큼 충격적이었던 것이다.

"호호훗! 풍 랑! 소녀가 웃다가 죽기를 바라시는 거예요?"

한참이 지난 후에 적멸가인은 애교가 철철 넘치는 목소리로 그렇게 말하고 나서, 두 손으로 독고풍의 뺨을 잡고는 소리 나게 쪽! 하고 입을 맞추었다.

남자와 입을 맞추다니……. 어쩌다가 다른 사람과 살짝 옷깃만 스쳐도 역정을 내던 적멸가인이 아니었던가?

북궁연과 화영, 두 사람에게는 적멸가인에 대해서 보는 것 겪는 것 하나하나가 모두 생소한 것투성이였다.

"맹주께서 왕림하셨소!"

뒤에서 지켜보던 감중곤이 참지 못하고 우렁차게 소리치지 않았으면 북궁연과 화영은 언제까지고 망연히 그 자리에 서 있었을 것이 분명했다.

그제야 독고풍과 적멸가인이 놀라지도 않고 여유있는 동작으로 이쪽을 쳐다보았다.

북궁연과 화영은 바짝 긴장했다. 독고풍이 아니라 적멸가인 때문이었다.

천신이 이 자리에 하강해도 끄떡하지 않을 철석간장의 두 사내가 일개 여자의 시선에 부동자세가 돼버렸다.

화영은 아까 적멸가인을 봤으면서도 긴장감은 북궁연보다

더 심했다.

아마도 그만큼 오랫동안 적멸가인을 사랑했기 때문일 것이다.

북궁연은 지난 다섯 달 동안 모진 노력을 한 결과, 그녀에 대한 모든 것을 묻어버렸다고 생각했었는데 이제 보니 허사였다.

오히려 다섯 달 만에 만나게 된 적멸가인이 과연 자신을 보고 어떤 반응을 보일까 적잖이 긴장했고 또 기대하는 마음마저 슬그머니 생겼다.

하지만 그의 기대는 여지없이 허물어졌다.

적멸가인은 북궁연을 향해 마치 타인을 대하듯 슬쩍 한 번 무심한 눈길을 주었을 뿐, 다시 화사하게 미소 지으면서 독고풍을 바라보았다.

북궁연은 크게 실망했다. 그리고 그 실망은 곧 은근한 분노로 변했다.

하지만 표현할 수 없는 분노다. 그는 지금 정협맹주로서 이 자리에 서 있는 것이기 때문이다.

독고풍은 적멸가인을 가볍게 안아 들어 바닥에 세운 후에 벌떡 일어서서 북궁연 쪽으로 성큼성큼 걸어왔다.

여태껏 적멸가인에게만 온통 정신이 팔려 있었던 북궁연과 화영은 독고풍이 다가오는 것을 보면서 적멸가인 때와는 또 다른 충격에 휩싸였다.

아니, 감중곤까지 세 사람은 다가오고 있는 독고풍을 보면서 마치 거대한 해일이나 산악이 서서히 자신들을 향해 밀려오는 듯한 착각을 똑같이 느꼈다.

그가 방금 전까지 적멸가인과 시시덕거리던 그 사내라는 사실을 깡그리 잊어버렸다.

'너… 너무 크다!'

세 사람은 내심으로 동시에 부르짖었다.

그리고 독고풍이 두 걸음 앞에 우뚝 멈추자 자신들도 모르게 주춤 한 걸음 뒤로 물러섰다.

거대한 파도나 산악이 밀려오면 누구든지 물러서게 마련이다. 세 사람이 물러선 것은 단지 그런 본능적인 반사 행동이었을 뿐이다.

'이자가 혈풍신옥……!!'

그것이 북궁연이 독고풍을 처음 만난 느낌이었다.

第八十八章
무공에는 주인이 없다

대마루
大廳宗

'그렇소'. '상관없소'. '상관없소'. '상관없소'. 이것이 독고풍이 북궁연을 처음 만나서 한 말의 전부였다.

북궁연이 물었다.

"내게 할 말이 있소?"

독고풍이 대답했다.

"그렇소."

"이야기를 나눌 장소는 어디가 좋겠소?"

"상관없소."

"내 측근들을 대동해도 괜찮겠소?"

"상관없소."

"차가 좋겠소? 아니면 술이 좋겠소?"
"상관없소."
다음 대화는 회의실로 이어졌다.

대회의실은 진명유림의 총본산인 정협맹다운, 크고 으리으리한 규모였다.
독고풍과 북궁연은 일 장 거리를 두고 마주 앉았다.
각자의 앞에는 고급스러운 탁자에 향기로운 미주가효가 차려져 있었다.
독고풍은 적멸가인과 나란히 앉았고, 그 뒤에 무적금위대 이십 명이 두 줄 횡대로 늘어섰다.
복판에 앉은 북궁연의 좌우에는 정협십이성이 여섯 명씩 앉아 있고, 북궁연 뒤에는 화영을 비롯한 정협삼단 단주 세 명과 감중곤, 그 뒤에 팔룡전대 여덟 명의 대주가 횡대로 늘어선 모습이었다.
이곳 대전에 정협맹의 핵심 인물들이 모두 운집한 것이다.
좌중을 누르고 있는 침묵이 길어지고 있었다.
진명유림의 절대자와 사독요마의 절대자가 마주 앉은 자리이니 그만한 무게와 긴장이 흐르는 것은 당연하다.
그때 묘한 소리가 적막을 깨뜨렸다.
뽕!
독고풍이 앞에 놓인 술 호로병의 마개를 뽑는 소리였다. 술을 앞에 놔둔 채 참고 있을 그가 아니다.

모두의 시선이 독고풍에게 집중됐다.

하지만 그는 모르는 듯 술 호로병을 코에 대더니 눈을 감고 주향을 음미했다.

"흠… 흠! 좋은 냄새로군."

적멸가인은 그 모습을 보면서 방그레 미소 지으며 술 호로병을 집어 들었다.

"한잔하세요."

쪼르르…….

이어서 잔에 넘치도록 술을 따르자 향긋한 주향이 은은하게 퍼졌다.

독고풍은 혀를 내밀어 입술을 축인 후 입맛을 다시며 술잔을 입으로 가져갔다.

그러다가 모두들 굳은 얼굴로 자신을 주시하고 있는 것을 발견하고 의아한 표정을 지었다.

"술을 마시면 안 되는 것이오?"

아무도 대답하지 않았다.

독고풍은 술잔을 슬그머니 탁자에 내려놓으며 머쓱한 표정을 지었다.

"난 또 앞에 있기에 마시라는 건 줄 알았소. 장식품이었다니, 미안하오."

화영은 힐끗 북궁연을 쳐다보았다. 그는 북궁연의 뒤에 있지만 옆얼굴을 볼 수 있는 위치였다.

아니나 다를까, 북궁연은 가볍게 눈살을 찌푸린 채 못마땅한 듯한 표정을 짓고 있었다.

철이 들기도 전에 정협맹 후계자로 지목되어 세속하고는 담을 쌓은 채 엄격한 수련만 받아온 북궁연에게 흠이 있다면 인간적인 면이 부족하다는 것이었다.

말하자면 그는 왕도(王道)만 걸어왔다. 그래서 서민들의 애환이나 거리의 미풍양속 같은 것에 젖어드는 아량 같은 것을 갖고 있지 않았다.

그런 그가 보기에 독고풍의 행동은 천박하고 무식한 것이 아닐 수 없었다.

더구나 독고풍은 북궁연이 목숨처럼 사랑했던 여자를 뺏어간 연적(戀敵)이다. 백번을 양보한다고 해도 좋게 봐줄 수 없는 상황인 것이다.

북궁연은 무엇이 정의고 협의며 진정한 평화인지, 그리고 어떻게 해야 중원무림이 태평성대를 누리게 되는지 잘 알고 있었다.

반면에 어떤 것이 인정이고 애정이며 사람처럼 사는 것인지는 거의 모르고 있었다.

그와는 달리 화영은 과거 청성파에 있을 때나 이후 정협맹의 일원이 된 이후에 임무를 띠고 강호에 많이 나갔고 사람들과 많이 어울려 봤기 때문에 대인 관계가 원활한 편이다.

그가 보기에 독고풍은 지나치게 격식이 없고 서민적인 반면에, 북궁연은 법도와 예절에 얽매인 외골수다.

독고풍은 편법의 달인이고, 북궁연은 정통파라는 뜻이다.

화영은 독고풍에게 술을 마셔도 괜찮다고 말하고 싶었으나 자신이 나설 자리가 아니기에 입을 다물고 있었다.

"헛헛헛! 방주, 이 술과 요리는 장식품이 아니니 아무쪼록 개의치 말고 마음껏 드시구려!"

그때 정협십이성 중에 북궁연 오른쪽 두 번째 인물이 독고풍을 보면서 나직이 웃으며 손으로 술을 마시라는 시늉을 해 보였다.

"오오! 마셔도 된다는 말이지?"

"그렇소."

독고풍은 반색을 하고는 기다렸다는 듯이 술잔을 단숨에 비웠다.

"캬아아~! 술맛 좋다!"

그는 몸서리를 치면서 오두방정을 떨었다.

그런 모습을 보고서도 북궁연은 더 이상 눈살을 찌푸리지 않았다.

그의 많은 장점 중에 하나는 아무리 눈에 거슬리는 것이라도 빨리 극복한다는 것이다.

그것은 속에 꾹꾹 눌러두는 것하고는 질적으로 다르다. 말 그대로 극복, 즉 이겨내는 것이다. 거슬리는 상대에게 맞춰서 변죽을 울리지는 못하지만, 상대의 취향을 존중, 혹은 이해하는 것이다.

그런 것마저 없었다면 그는 많은 사람들로부터 지탄을 받는 존재가 됐을 것이다.

적멸가인이 빈 잔에 다시 술을 따를 때, 독고풍은 자신에게 술을 마시라고 권한 인물을 보며 친근한 미소를 지었다.

"영감은 이름이 무엇이오?"

제대로 하자면 '노선배께선 어느 방면의 고인이십니까?' 정도로 물어야 하지만, 독고풍은 존장에 대한 예절을 배울 기회가 없었다.

독고풍의 물음을 받은 인물은 후리후리한 키에 백발이 성성하며, 산뜻한 청포를 입고, 머리에 상투를 묶었으며, 주름이 별로 없는 얼굴에 인자한 미소를 머금고 있었다.

"허허헛! 빈도는 청성파의 청운자(靑雲子)라고 하오."

독고풍은 뜻밖이라는 표정을 지으며 불쑥 화영을 가리켰다.

"그렇다면 저 친구 화영하고는 어떤 관계요?"

그 말에 화영은 깜짝 놀랐다.

열 달 전에 그는 항주성 황룡표국에서 자신을 '청성파의 화영'이라고 소개한 적이 있었다. 독고풍이 그것을 잊지 않고 있었다는 사실 때문에 놀란 것이다.

화영은 포구에서 독고풍의 배포에 적잖이 놀란 이후 그의 기억력에 또 한 번 놀랐다.

청운자는 빙그레 미소 지으며 고개를 끄덕였다.

"화영, 저 아이는 빈도의 우매한 제자라오."

"어? 정말?"

"그렇소."

독고풍은 화영과 청운자를 번갈아 쳐다보더니 이윽고 고개를 끄덕이며 작게 감탄하는 표정을 지었다.

"흠! 과연 그 사부에 그 제자로군."

나이 지긋한 노인이 해야 어울리는 말을 독고풍이 하자 좌중에 몇몇 인물이 가볍게 눈살을 찌푸렸다.

그렇지만 청운자와 화영을 비롯한 몇몇 사람들은 독고풍이 진심으로 하는 말이라는 것을 그의 표정을 보고 간파했다.

그리고 독고풍이 좋게 말하면 때가 묻지 않은 순진무구한 사람이고, 나쁘게 말하면 예절을 모르는 무식한 인간이라는 사실을 알게 되었다.

독고풍은 오른손으로 술잔을 들고 왼손으로 청운자 앞에 놓인 술 호로병을 가리키며 술을 마시라는 손짓을 해 보였다.

"영감도 한 잔 드시오. 응?"

그러자 갑자기 기이한 일이 벌어졌다.

뿅!

수우…….

쪼르르…….

청운자 앞에 놓인 술 호로병 마개가 뽑히는가 싶더니 약간의 술이 일자로 허공을 향해 솟구쳤다가 정확하게 청운자의 빈 잔에 따라졌다.

한 방울도 흘리지 않았으며, 술이 넘치지도 모자라지도 않았다. 또한 술 호로병이나 술잔은 미동조차 하지 않았다.

순간 좌중에 아까와는 사뭇 다른 적막이 자욱하게 흘렀다.

방금 독고풍이 보여준 수법에 모두들 속으로 억! 소리를 내면서 놀란 것이다.

정협십이성 정도의 나이 지긋한 무림 명숙들이라면 허공섭물(虛空攝物)의 수법으로 최대한 이, 삼 장 거리의 작은 물체에 공력을 뿜어내서 다른 위치로 옮길 만한 능력이 있다.

다시 말하자면, 손을 대지 않고 이, 삼 장 거리의 술 호로병을 들어 빈 잔에 술을 따를 수 있다는 것이다.

그렇지만 술 호로병을 건드리지도 않은 채 술 호로병 속의 술을 뽑아내서 빈 잔에 따르는 것은, 더구나 한 치의 오차도 없이 정확한 양을 보지도 않고 따른다는 것은 할 수 있고 없고를 떠나서 본 적도, 들은 적도 없는 신기였다.

북궁연 이하 정협맹 쪽의 모든 사람들은 침묵 속에서 곰곰이 생각해 봤으나 독고풍이 도대체 어떻게 한 것인지 짐작조차 하지 못했다.

그렇다고 속임수라고 치부해 버릴 수는 없는 일이다. 모두의 눈앞에서 생생하게 벌어진 일이 아닌가.

또한 그처럼 궁금하면서도 누구 하나 입을 열어 독고풍에게 물어보지 않았다.

물어본다는 것은, 자신이 그것을 못한다는 사실을 인정하는 것이기 때문이다.

혹여 상대가 같은 진명유림 사람이라면 넌지시 물어볼 수도 있겠지만, 사독요마의 절대자에겐 절대 불가한 일이었다.

그러나 세상일이란 언제, 어디에서나 예외라는 것이 있다.

오늘 이 자리에서의 예외자는 청운자다.

그는 얼굴에 신기하다는 표정을 감추지 않고 독고풍에게 정중히 물었다.

"방주, 방금 그 수법이 무엇이오?"

몇몇 사람은 속으로 청운자를 못마땅하게 생각했으나, 방금 그 수법이 무엇인지 궁금하다는 점에서는 누구도 이견이 없었다.

독고풍은 빙그레 미소 지으며 선선히 대답했다.

"멀리 떨어진 사람에게 술 따르는 수법이오."

제 딴에는 멋진 이름을 생각해 냈다고 흡족하고 있는 독고풍이었다.

하지만 중인이 듣고 싶은 대답은 그것이 아니다.

청운자가 모두의 눈총 아닌 눈총을 받으면서 다시 한 번 수고를 했다.

"허허허! 좋은 이름이오. 한데 빈도는 방주께서 어떻게 해서 술 호로병 안에 있는 술을 공력만으로 뽑아 올려서 빈 잔에 따랐는지, 그 수법이 궁금하구려."

독고풍은 반짝 눈을 빛냈다.

"아하~! 진작 그렇게 말할 것이지."

그는 손가락 하나를 뻗어 청운자의 술 호로병을 가리키며 친절하게 설명을 해주었다.

"간단해. 손가락으로 진기를 발출해서 술 호로병을 통과시켜 그 안에 있는 술만 위로 뽑아내서 잔에 따르는 것이오."

말끝에만 슬쩍 '하오'를 붙이는 독고풍만의 어법이다.

이어서 그는 손가락을 위로 까딱 움직였다가 다시 아래로 까딱 움직였다.

그러자 술 호로병은 가만히 있는데, 술 호로병 안에서 또다시 약간의 술이 일자로 솟구쳤다가 청운자의 잔을 향해 쪼르르 흘러내렸다.

그의 잔에는 이미 술이 찰랑찰랑 들어 있었으므로 다시 술이 따라지면 넘칠 것이다.

그러나 술은 술잔 위에 하나의 액체 덩어리로 뚝 정지했다.

"화 형, 한 잔 하게."

독고풍이 말과 함께 손가락을 화영 쪽으로 까딱 움직였다.

화영은 무심결에 청운자 쪽을 쳐다보다가 한 움큼의 술이 자신의 얼굴을 향해 곧장 쏘아오는 것을 발견하고 흠칫 놀랐다.

 그대로 있다가는 술이 얼굴에 적중되어 낭패를 당할 수밖에 없는 상황이라서 즉시 입을 벌렸다.

 그러자 술은 한 치의 오차도 없이 그의 입안으로 쏙 빨려 들어갔다.

 아까와는 조금 다른 신기다. 두 번째 신기에 조금 전까지만 해도 독고풍을 못마땅하게 여기던 몇몇 인물들조차 내심 감탄을 금치 못했다.

 독고풍이 친절하게 설명했지만 청운자는 완전하게 이해하지는 못했다.

 어떤 방식인지는 알겠는데, 어떻게 해서 뿜어낸 공력이 술 호로병을 투과하여 그 안에 있는 술에만 영향을 미칠 수 있는지 도무지 모를 일이었다.

 무척 궁금했으나 재차 묻는 것은 자칫 분위기를 망칠 수 있고, 나이 든 사람의 욕심으로 보일지 몰라 이쯤에서 그만두기로 했다.

 그때 청운자의 내심을 읽었는지 독고풍이 가볍게 웃으며 말문을 열었다.

 "하하! 그냥 공력을 발출하면 술 호로병을 통과할 수가 없어. 공력을 특수한 구결로 체내에서 한차례 걸러서 발출해야 하오."

 "공력을 거… 른다는 말이오?"

"그렇소."

"어떻게 공력을 거르오?"

체내에서 공력을 걸러서 발출한다는 것은 이곳에 있는 모두에게 금시초문이었다.

모두 몹시 궁금했으나 입을 꾹 다문 채 청운자가 자신들의 궁금증을 대신 독고풍에게 물어봐 주기를 원했다.

그리고 청운자는 그들의 바람에 부응했다. 그 역시 같은 것을 궁금하게 여겼기 때문이다.

"청운자."

독고풍은 도교의 명망 높은 청성파 장문인 도호를 동네 강아지 부르듯이 거침없이 불렀다.

그러나 그런 것에 기분이 나쁠 청운자가 아니다. 그는 원래 호탕불기(豪宕不羈)한 인물이라서 세속의 예절에 구애되는 인물이 아니었다.

무림에서도 '청운자' 하면 누구라도 진국이라고 엄지손가락을 꼽을 정도였다.

"말씀하시오, 방주."

"공력을 삼 푼(分) 운등(運騰)하여 기경팔맥 중에 음교맥(陰蹻脈)과 양교맥(陽蹻脈)으로 보내시오."

청운자는 즉시 독고풍이 말한 대로 실행했다.

좌중에 있는 정협맹의 많은 사람들 중에서 독고풍의 말대로 하지 않은 사람은 북궁연 혼자뿐이다.

그는 원래 정도에서 벗어나는 일은 하지 않는 곧이곧대로 행동하는 사람이라서, 독고풍의 말에 약간의 흥미를 느낄지언정 그대로 따라 하지는 않았다.

"그렇게 하고 나면 삼 푼의 공력이 조금 달라졌다는 느낌이 들지?"

독고풍의 물음에 청운자를 비롯한 서너 명의 정협성(正俠聖:정협맹의 장로)들이 동시에 대답했다.

"오! 그런 느낌이 드오!"

"돼, 됐소!"

"아! 바로 이것이로군!"

청운자만이 아니라 다른 정협성들도 독고풍이 설명하는 대로 하고 있다는 사실을 시인하는 것이었지만 아무도 개의치 않았다. 새로 배우고 있는 신기한 수법에 흠뻑 빠져 있었기 때문이다.

독고풍은 빙그레 미소 지었다.

"그것을 술 호로병에 발출하여 그 안의 술을 움직여 봐."

청운자를 비롯한 정협십이성 모두가 자신의 앞에 놓인 술 호로병에 손가락을 뻗어 공력을 발출했다.

뽀뽀뽀뽕! 뽕! 뽕! 뽕!

술 호로병 마개 뽑히는 소리가 연달아 터졌다.

츄우… 스우…….

쪼르르… 쫄쫄쫄… 쏴아!

무공에는 주인이 없다

그리고는 열두 개의 술 호로병에서 술이 솟구쳐 올랐다.
그러나 술의 양은 제각각이다. 너무 적은가 하면 지나치게 많아서 술 호로병의 술이 모두 솟구친 것도 있었다.
술잔에 술을 정확하게 따른 사람은 아무도 없었다. 하지만 모두들 신기한 수법을 배웠다는 생각에 얼굴이 상기되어 그런 것은 개의치 않았다.
독고풍이 손가락 하나를 세워 청운자를 가리키면서 말했다.
"그 수법은 싸울 때에도 사용할 수 있소."
투우—
청운자가 미처 뭐라고 반응을 보이기도 전에 독고풍의 손가락에서 한줄기 반투명한 붉은빛이 청운자를 향해 일직선으로 뿜어졌다.
청운자는 자신의 가슴을 향해 번갯불처럼 쏘아오는 붉은빛을 뚫어지게 주시하며 가만히 앉아 있었다.
독고풍이 자신을 해치지 않을 것이라는 믿음 때문이었으나 그렇지 않더라도 피하기 어려울 정도의 쾌속함이었다.
그러나 북궁연과 화영을 비롯한 다른 사람들은 크게 놀라 일제히 청운자를 쳐다보았다.
붉은빛, 즉 지풍이 청운자의 가슴 한복판에 적중됐다.
하지만 아무 소리도 나지 않았다.
팍!

"윽!"

그런데 격타음과 묵직한 신음 소리가 청운자 뒤에서 터졌다.

독고풍의 지풍이 청운자의 가슴을 투과하여 뒤에 서 있는 사람에게 적중된 것이다.

모두의 시선이 청운자에게서 그 뒤에 서 있는 팔룡전대의 대주 중 한 명에게 집중됐다.

그 대주는 몸이 뻣뻣해져서 우두커니 선 채 복잡한 표정을 짓고 있었다.

독고풍의 지풍이 그의 복부 마혈인 교음혈(交陰穴)에 적중되어 몸이 마비된 것이다.

그때 독고풍이 가볍게 소매를 흔들자 부드러운 진기가 뿜어져서 마혈이 제압된 대주의 복부를 가볍게 두드렸고, 그는 곧 숨을 크게 내쉬며 마혈이 풀렸다.

청운자가 크게 감탄하면서 독고풍에게 포권을 했다.

"훌륭한 수법을 가르쳐 주어 고맙소."

그러자 정협성 몇 명이 따라서 독고풍에게 포권을 했다.

"고맙소, 방주."

"감사하오."

이들은 정협맹 사람이기 전에 무인이다. 세상의 무인치고 새로운 무공을 배우는 것을 마다할 사람은 없다.

또한 자신의 무공이 남보다 고강하기를 원한다. 그래서 자신의 고유한 무공을 죽는 한이 있어도 타인에게 가르쳐 주지 않는다.

그런데도 독고풍은 신기한 수법을 가르쳐 달라는 청운자의 요구에 추호의 대가도 없이 선뜻 응했다.

그래서 이들은 독고풍의 호의에 대해서 순수한 마음으로 감사하는 것이다.

고맙다는 말에 독고풍은 얼굴이 벌게져서 쑥스러운 표정으로 손을 저었다.

"어… 뭐, 그까짓 걸 가지고, 다른 것도 많이 있으니까 얼마든지 말만 하시오."

청운자와 몇몇 사람은 독고풍이 수줍어하는 모습을 보고 뜻밖이라는 표정을 지었다가 곧 훈훈한 마음이 되었다.

그리고는 무림에 알려진 혈풍신옹에 대한 소문이 많이 잘못됐다는 사실을 깨달았다.

그들이 독고풍과 함께한 시간은 비록 짧지만, 그 시간 동안에 그가 보여준 것들은 소탈함과 가식이 없는 것, 그리고 솔직함, 순수함 같은 것들이었다.

자고로 그런 성품을 지닌 사람이 악인인 법은 없다.

독고풍의 작은 활약(?)으로 어느덧 좌중은 화기애애한 분위기로 변했다.

그래서 소수의 사람을 제외하고는 독고풍이 무슨 말을 하더라도 긍정적으로 들어줄 준비가 되었다.

특히 화영은 독고풍을 전혀 새롭게 인식하게 되었다.

자신이 당한 치욕 때문에 그를 죽을 때까지 원수로 대하겠다는 맹세가 자신도 모르는 사이에 많이 희석되고 있었다.

그때 정협십이성 중 한 명이 궁금한 듯 독고풍에게 물었다.

"방주, 그런데 방금 그 수법은 누구의 무공이오?"

무릇 천하의 모든 무공에는 원류(原流)라는 것이 존재한다. 그것을 알고 싶다는 뜻이다.

독고풍은 술잔을 비우고 나서 빙그레 미소 지었다.

"삼절마제의 과기투력(過氣透力)이라는 것이오."

"삼절마제……"

누군가의 입에서 나직한 신음이 흘러나왔다.

그러더니 정협십이성 모두 씁쓸한 표정을 지었다. 청운자도 마찬가지였다.

기껏 신기한 수법 하나를 배웠는데 사대종사 중 우두머리인 삼절마제의 수법이라니, 입맛이 썼다.

분위기가 묘해지는가 싶더니 결국 정협성 한 명이 씁쓸한 표정으로 중얼거렸다.

"허허… 노부들이 삼절마제 무공을 배울 수는 없지 않겠소?"

다른 사람들도 고개를 끄덕이며 동조를 표시했다.

그 바람에 모처럼 좋아지고 있던 분위기가 어색하게 변하려고 했다.

그래서 기분이 나빠진 적멸가인이 샐쭉한 표정으로 한마디 쏘아붙이려는데 독고풍이 손을 그녀의 허벅지에 얹고 가볍게 토닥거려서 만류했다.

이어서 독고풍은 느릿하게 좌중을 둘러보고 나서 북궁연에게 시선을 고정시켰다.

"자네가 정협맹주인가?"

무례하기 짝이 없는 말투다. 하지만 이상하게도 발끈 화를 내는 것은 정협맹주 호위대인 정위천과 팔룡전대의 몇몇 젊은 청년 고수들뿐이었다.

다른 사람들은 독고풍의 성품을 어느 정도 간파했기에 그가 나쁜 뜻으로 그러는 것이 아니라고 생각했다.

그의 그런 말투는 단지 조금 불쾌할 뿐이지 판을 뒤집어엎을 정도는 아닌 것이다.

심지어 북궁연마저도 독고풍의 그런 말투에 불쾌한 내색을 하지 않았다.

"그렇소."

독고풍이 옆쪽에 활짝 열려 있는 창을 통해 조각구름이 간간이 떠 있는 하늘을 쳐다보며 물었다.

"자넨 저 하늘이 누구 것이라고 생각하나?"

밑도 끝도 없는 질문이다.

북궁연도 하늘을 쳐다보며 담담히 대답했다.

"하늘에 주인이 어디 있겠소? 있다면 살아서 숨 쉬는 모든 생명체가 하늘의 주인이 아니겠소?"

그는 독고풍보다 열 살이나 더 많으면서도 상대의 하대에 정중하게 '하오'를 했다.

독고풍은 가볍게 고개를 끄덕였다.

"나도 그렇게 생각하네."

중인들 얼굴에 무슨 쓸데없는 소린가 하는 기색이 떠올랐다.

"원래 바다도 주인이 없고, 우리가 숨 쉬는 공기도 주인이 없어. 그것들이 자기 것이라고 우긴다면 나보다 더 무식한 놈이지."

독고풍은 잠시 말을 멈추고 술을 단숨에 마신 후 빈 잔을 적멸가인에게 내밀었다.

적멸가인이 술을 따르는 것을 물끄러미 지켜보다가 가득 채워진 술잔을 입안에 털어 넣고는 말을 이었다.

"내 생각에는 무공이라는 것도 하늘이나 바다처럼 원래 주인이 없었던 것 같다."

그러자 중인의 표정이 제각각 변했다. '무슨 헛소리냐?' 라는 표정이 있는가 하면, '어쩐지 심오한 말 같군' 하는 표정도 있었다.

"내가 중원에 나와 여기저기 돌아다니면서 꽤 많이 싸움을 해봤거든?"

그는 손가락을 꼽기 시작했다.

"그러니까 에… 또, 구룡방의 극신도황이니 천중검협, 무현 진인, 운룡대신도, 조광탁, 광양자와 그의 형제들, 일검장천, 중천신창 등등하고 싸워봤어."

그의 입에서 나오는 별호들은 거의 정협맹 이십오맹숙이거나 중원삼십육태두 같은 실로 쟁쟁한 인물들이다.

그리고 또 하나의 공통점은 대부분 독고풍 손에 죽었다는 사실이다.

다만 중인은 독고풍이 무당 장문인 광양자와 사형제들, 그리고 중천신창을 들먹이자 혹시 그들도 죽은 것이 아닌가 적잖이 놀라는 표정을 지었다.

독고풍이 이곳에 와서 보여주었던 어눌함과 무례함, 무식함 때문에 그를 가볍게 보기 시작했던 중인들은 비로소 정신이 번쩍 들었다.

중인이 그러거나 말거나 독고풍은 느긋하게 말을 이었다.

"그들과 싸운 다음에 내가 뭘 좀 깨달았는데 그게 뭐냐 하면, 내 무공이나 그들 무공이나 별반 다를 게 없더라는 거야. 말하자면, 똑같은 재료를 갖고 조금씩 다른 요리를 만든 것 같다는 생각이 든 거야."

그는 고개를 갸우뚱했다.

"이건 순전히 내 생각인데 말이야, 아주 옛날에 처음으로 무공이라는 것을 만든 사람은 한 사람이었을 것 같아. 그런데 그 이후에 그의 제자들이 세상에 퍼져 나가고, 또 그들의 제자들이 더 넓게 퍼져 나가서 무공들이 조금씩 변한 것이 아닌가……."

 그는 고개를 끄덕이면서 마무리를 지었다.

 "하여튼 그런 생각이야. 그러니까 무공은 처음에 정파 무공이니 마도 무공, 사도 무공, 그렇게 서로 갈라지지 않았을 거라 이거야."

 그러니까 삼절마제의 무공이라고 무조건 배척하지 말고 좋으면 배워라. 그의 말은 그런 뜻이었다.

 그것을 알아듣지 못할 정협맹 사람들이 아니다. 오히려 독고풍이 설명한 것보다 더 많은 사실들을 깨달았다.

 그의 말이 옳다. 무공의 원류는 하늘이나 바다처럼 주인이 없었을 것이다.

 그런 것을 후세의 사람들이 무공을 수천, 수만 갈래로 찢어 발겨 놓고서 이것은 훌륭한 무공, 저것은 사악한 무공, 하고 편 가르기를 한 것이다.

 중인은 제각기 복잡한 표정으로 독고풍의 말을 속으로 반추하느라 좌중에는 또 다른 침묵이 흘렀다.

 문득 독고풍이 청운자를 불렀다.

 "청운자."

 "아! 마, 말씀하시오, 방주."

 "내 말이 틀리오?"

 묘한 말투.

청운자는 껄껄 호방한 웃음을 터뜨렸다.

"헛헛헛헛! 오늘 빈도가 방주의 고명한 말씀을 듣고 큰 깨우침을 얻었소이다!"

독고풍이 의아한 얼굴로 적멸가인에게 물었다.

"고명이 뭐야? 국수 위에 얹어 먹는 그 고명 말이야?"

적멸가인은 방그레 미소 지었다.

"훌륭한 말씀이라는 뜻이에요."

"음, 훌륭할 것까지야……."

그는 수염 없는 턱을 쓰다듬으며 의기양양한 표정을 지었다.

청운자가 독고풍을 향해 재차 포권을 해 보이며 정중하게 말을 이었다.

"빈도는 앞으로 삼절마제 도우의 과기투력 수법을 정식으로 연마하겠소이다."

독고풍이 병긋 웃었다.

"나중에 삼절마제에게 술이나 한잔 내시오."

"그야 여부가 있겠소?"

과연 독고풍이다. 좌중의 분위기를 들었다가 놨다가 아예 제 맘대로 가지고 노는 중이었다.

"그런데 방주."

청운자는 못내 궁금하던 것을 물어볼 생각이다.

"광양자를 죽이셨소이까?"

청운자와 광양자가 오십 년 이상 이어온 절친한 벗이라는 것은 무림에서 유명한 사실이었다.

독고풍은 고개를 가로저었다.

"아니, 죽이지 않았소."

"무량수불……."

청운자는 가슴을 쓸어내렸다.

독고풍이 씁쓸하게 중얼거렸다.

"광양자하고 조금 더 빨리 친구가 됐더라면 창해자나 무량자를 죽이지 않았을 텐데… 쩝!"

청운자와 중인이 적잖이 놀라 안색이 변했다.

"그럼… 방주께서 창해자와 무량자를 죽였소?"

"광양자가 제자들 구백여 명을 이끌고 와서 내 어머니가 계신 장원을 공격하려고 하기에……."

그의 말은 결국 광양자의 사제인 창해자와 무량자를 죽였다는 뜻이다.

비록 무당파가 신의 때문에 전대 정협맹주 태무천이 발족한 대동협맹에 가입하긴 했지만, 이곳에 있는 모든 사람들은 무당파를 아직도 친구로, 그리고 무림의 태두로서 여전히 존경하고 있었다.

아니, 표면적으로는 정협맹과 대동협맹이 반목하고 있는 것처럼 보이지만, 실상 양쪽 사람들은 서로를 형제나 가족으로 여기고 있었다.

독고풍의 말에 중인은 바짝 긴장했다. 광양자가 구백여 제자들을 이끌었다면 무당파 전체 세력으로 독고풍을 공격했다는 것이다.

또한 독고풍의 모친, 즉 전대 대마종 마군황의 부인이 아직 살아 있으며, 광양자가 무당파 전 세력으로 그녀를 공격했다는 뜻이기도 하다.

"혹시… 방주께선 무당파와 싸움을 벌였소이까?"

모두가 극도로 긴장하면서 궁금하게 여기는 내용을 이번에도 청운자가 조심스럽게 물었다.

그렇게 물으면서도 조금 전에 독고풍이 '광양자와 조금 더 빨리 친구가 됐더라면' 이라고 한 말을 잊지 않았다.

만약 무적방과 무당파와 싸웠다면, 그래서 무당파가 패했다면 이 자리는 더 이상 화기애애할 수 없을 것이다.

이윽고 독고풍이 술잔을 만지작거리면서 조용한 목소리로 대답했다.

"나하고 광양자는 친구가 됐소. 광양자는 훌륭한 사람이오. 그가 나를 많이 변하게 했소. 그러니까 나는 무당파하고 싸우지 않았다는 뜻이지."

좌중 여기저기에서 나지막한 안도의 한숨 소리가 들렸다.

사실 독고풍은 자신과 이십여 측근이 대천신등 팔혼낭차들과 싸움을 벌여 위기에 처했을 때, 광양자가 무당검수 모두를 이끌고 와서 도와준 것 때문에 큰 충격을 받았었다.

광양자 덕분에 독고풍과 측근들은 위기에서 벗어날 수 있었다. 하지만 그로 인해서 무당파는 백오십여 명의 무당검수를 잃어야만 했다.

 그러면서도 광양자는 의연했다.

 당연히 자신이 해야 할 일을 한 것처럼 행동했으며, 오히려 독고풍에게 고맙다고 말했다.

 독고풍은 자신이 아버지에 이어서 대천신등과 싸웠기 때문에 그가 '고맙다'라고 말한 것이라 짐작했다.

 헤어지기 전에 독고풍은 '당신 말에 귀를 기울이겠다'라고 했으며, 광양자는 '당신이 부르면 어디든지 달려가겠다고' 약속했었다.

 이후, 독고풍은 광양자가 보여준 대의(大義)라는 것에 대해서 많은 생각을 했다.

 낙양 인근 장원에 넉 달 동안 머물면서 내내 그 생각만 했다고 해도 과언이 아니다.

 그리고 마침내 하나의 결단을 내렸으며, 그것을 실천하기 위해서 적멸가인의 제의를 받아들여 정협맹에 온 것이다.

 만약 광양자가 아니었으면 독고풍은 무적방을 이끌고 천대산 산중도에 은거하여 대천신등이 중원무림을 다 휩쓸 때까지 기다렸을 것이다.

 독고풍의 말에 중인은 크게 놀랐다. 자세한 것은 알 수 없으나 두 가지만은 분명했다.

어떤 연유에선지는 몰라도 독고풍과 광양자가 친구가 됐다는 것.

그리고 독고풍이 전격적으로 정협맹을 방문한 것에는 광양자의 입김이 크게 작용했을 것이라는 사실이다.

第八十九章
위대한 거짓말

대나무
大鷹宗

독고풍은 허리와 어깨, 가슴을 쭉 펴고 당당한 자세를 취하면서 입을 열었다.

"나는 전대 대마종 마군황 독고중천의 아들 독고풍이오."

순간 독고풍을 제외한 모든 사람의 표정이 급변했다.

적멸가인이나 무적금위대도 설마 독고풍이 갑자기 그런 말을 할 줄은 예상하지 못했다.

독고풍의 신분을 알고 있는 그들이 그 정도이니 정협맹 사람들의 반응은 어떠하겠는가.

무림에서는 혈풍신옥이 전대 대마종의 후계자다, 아들이다, 사대종사의 공동 제자다, 라는 소문들이 뜬구름처럼 떠돌

았었지만 어느 것 하나 확인된 사실이 없었다.
 그런데 방금 독고풍 본인의 입으로 자신이 전대 대마종의 아들이라고 밝힌 것이다.
 모두들 호흡을 멈추었는지 숨소리조차 들리지 않았다.
 어깨와 가슴을 활짝 편 독고풍은 앉아 있는데도 장내에 있는 어떤 사람보다 풍채가 당당했다.
 좌중은 그에게 웬만큼 압도당한 듯한 분위기다.
 독고풍은 조금 더 엄숙한 표정을 지었다. 다음에 할 말 때문이었다. 그 말을 생각하니 자신도 모르게 표정이 엄숙해진 것이다.
 약간 흐트러진 자세였던 적멸가인도 몸을 똑바로 하고 두 손을 무릎에 가만히 얹었다.
 그러다가 독고풍의 손 하나가 자신의 허벅지에 올려져 있는 것을 그제야 깨달았다.
 그녀의 고사리 같은 손 하나가 자연스럽게 독고풍의 손 위에 얹어졌다.
 그때 허벅지에 놓인 독고풍의 손가락 끝이 꼼지락거렸다. 이런 상황에서 무슨 농탕한 짓인가 싶어서 그녀가 힐끔 그를 보려는데 그의 전음이 귀를 울렸다.
 "정아, 죽은 아버지를 뭐라고 부르지? 그냥 죽은 아버지라고 하는 거냐?"
 "선친(先親)이라고 해요."

예의없는 독고풍이 그래도 돌아가신 아버지에게만큼은 예의를 갖추고 싶어한다는 것을 깨닫고 적멸가인이 즉시 대답해 주었다.

독고풍이 굵고 나직한 저음의 목소리로 입을 열었다.

"이십여 년 전에 선친은 별유선당에서 중상을 입고 간신히 목숨만 건져 어머니에게 돌아왔소. 그때 사대종사도 모두 중상을 입었으며 팔다리가 잘리고 애꾸가 되는 등 병신이 됐었고, 삼십구마영의 아홉 명이 선친을 탈출시키는 과정에서 다섯 명이 죽고 네 명만 살아남았소."

독고풍을 비롯한 측근의 몇몇 사람들만 알고 있는 전대의 비사가 그의 입을 통해서 흘러나오자 정협맹 사람들 얼굴에 해연히 놀라움이 떠올랐다.

별유선당 이후 대마종이 어떻게 되었는지에 대해서는 지금껏 비밀에 묻혀 있었다.

전대 정협맹주 태무천은 그 당시에 대마종을 찾아내어 발본색원(拔本塞源)하기 위해서 천하를 발칵 뒤졌었지만 끝끝내 그를 찾아내지 못했다.

'별유선당'이라는 말이 나오자 북궁연과 정협십이성 등은 숙연한 표정이 되었다.

이 자리에는 별유선당의 배신에 직접 관여했던 소위 '별유십오인'이라 불리는 인물은 한 명도 없었다.

그렇지만 정협맹은 대마종과 사대종사, 전체 사독요마를

배신했던 주체 세력이다. 그러므로 죄책감에서 자유로울 수 있는 처지가 아닌 것이다.

그러나 독고풍은 '별유선당' 이라는 말만 했지, 그 사건에 대해서는 언급하지 않았다.

구태여 들춰내서 오늘의 회합에 영향을 끼치고 싶지 않았기 때문이다.

"이후 나를 낳은 후에 선친은 돌아가셨소. 그리고 선친의 유언에 따라 사대종사가 날 동해의 무인도로 데리고 들어가서 지난 십칠 년 동안 자신들의 무공을 가르쳤소."

독고풍은 부모와 자신에 얽힌 피맺힌 과거사를 담담한 표정과 목소리로 이야기했다. 그렇지만 그 말을 듣는 사람들은 결코 담담할 수 없었다.

중원에 침공한 대천신등을 이 땅에서 몰아낸 대영웅으로 추앙받아야 할 전대 사독요마의 핵심 인물들이 '이른바 별유선당의 배신' 이라 불리는 사건으로 말미암아 대마종이 죽고, 사대종사가 불구의 몸이 됐는가 하면, 삼십육마영의 다섯 명이 죽는 돌이킬 수 없는 결과를 불러왔었다.

원흉은 태무천이지만, 그 사건에 동조한 진명유림 전체가 공모자인 것이다.

독고풍은 천천히 좌중을 둘러보며 말을 이었다.

"선친은 돌아가시기 전에 사대종사에게 명령했소. 내가 등봉조극, 만독불침, 금강불괴를 이루기 전에는 절대 중원에 내

보내지 말라고 말이오."

숙연했던 중인의 얼굴에 이번에는 놀라움이 물결처럼 번졌다. 독고풍이 중원에 출도했다는 것은, 그가 등봉조극과 만독불침, 금강불괴를 모두 이루었다는 뜻이기 때문이다.

설명을 하는 독고풍은 문득 난연장 지하 밀실에서 처음이자 마지막으로 한 번 본 아버지의 모습이 떠올랐다.

울컥! 하고 뜨거운 것이 가슴 밑바닥에서 솟구쳤다.

중인은 독고풍의 얼굴이 상기되는 것을 보고 그가 격동하고 있음을 짐작했다. 그리고 그가 분노를 억누르고 있다는 사실도 알 수 있었다.

"중원으로 나오기 전날, 사대종사는 내게 선친의 두 가지 유언을 전해주었소."

중인은 숨도 쉬지 않고 독고풍을 주시했다. 누군가의 마른침 삼키는 소리가 들렸다.

독고풍은 아버지를 그리워하는 듯한 표정을 지었다.

"절대 복수하지 말 것, 그리고 대천신등의 중원 재침공에 대비할 것. 그 두 가지였소."

"오오……!"

"아……."

대전을 가득 울리는 것은 중인 모두가 가슴을 울리면서 쏟아낸 탄성, 혹은 탄식이었다.

대천신등으로부터 중원을, 아니, 천하를 구한 전대 대마종

마군황이 일점혈육 아들에게 절대 복수를 하지 말라는 유언을 남겼다는 것이다.

더구나 또 하나의 유언은, 대천신등이 또다시 중원에 침공할 것에 대비하라는 것이었다고 한다.

오오! 위대할 손 마군황이여!

당신은 진정한 중원의 대영웅이어라!

모두들 내심 그렇게 외치면서 감동과 감격으로 가슴이 터질 듯했다.

청운자는 노안에 그렁그렁 눈물이 고여 독고풍을 바라보다가 끝내 주르르 굵은 눈물을 흘리고 말았다.

충심으로 중원무림의 평화를 희원하는 노협객은 위대하고 또 위대한 마군황과 혈풍신옥 부자에게 흠뻑 감동했다.

아니, 눈물을 흘리는 사람은 비단 청운자만이 아니었다.

정협십이성의 절반이 눈물을 흘리거나 글썽였으며, 나머지도 눈시울을 붉히거나 얼굴이 상기되어 감동과 자책의 한숨을 푹푹 내쉬고 있었다.

감정의 기복이 심한 젊은이들 중에는 아예 소리를 내서 흑흑! 흐느껴 우는 사람도 있었다.

협의심과 정의감이 강하면 강할수록 감동과 감격도 강렬한 법이다.

그래서 정협맹의 골수분자인 청년 고수들은 주먹을 움켜쥐고 어금니를 악물면서 오열하며 '위대한 부자(父子)'에 대한 존경심을 대신했다.
 정협맹주 북궁연도, 유성검 화영도 예외가 아니었다. 성품이 강직할수록 강한 충격에는 여지없이 부러지고 만다.
 북궁연은 눈물이 글썽했으며, 화영은 뚝뚝 떨어지는 눈물을 보이지 않으려고 고개를 숙였다. 진정한 사나이들은 가슴이나 머리가 아니라 피가 끓어야 운다. 지금 이들의 피는 뜨겁게 절절 끓고 있었다.
 독고풍이 적멸가인의 허벅지를 살짝 쥐었다가 놓았다.
 적멸가인은 그것이 무슨 뜻인지 알고 한차례 좌중을 둘러본 후에 차분한 목소리로 말문을 열었다.
 "우리가 넉 달 전에 겪었던 하나의 사건에 대해서 이야기하겠어요."
 적멸가인이 처음으로 말을 하는 것이라서 모두들 긴장된 표정으로 그녀를 주시했다.
 정협맹 사람이라면 그녀를 잘 알고 있었다. 태무천의 제자이며 북궁연의 사매, 그리고 강직한 성격에 사독요마를 그 누구보다 증오했던 그녀다.
 그랬던 그녀가 어떻게 해서 사독요마의 절대자인 혈풍신옥과 나란히 앉아 마치 연인이나 부인처럼 행세할 수 있는지 불가사의한 일이다.
 적멸가인은 넉 달 전에 독고풍을 비롯한 무적방 최측근들이 대천신등 팔혼낭차 천여 명하고 대혈전을 벌였던 사건을

위대한 거짓말 89

차분하게 설명했다.

대천신등이라는 말이 나오자 안색이 크게 변하면서 놀란 중인은 이야기가 진행됨에 따라서 점점 더 놀라더니, 마침내 대경실색을 금치 못했다.

독고풍이 부친의 유언을 설명하여 중인을 감동의 도가니에 빠뜨린 직후에 적멸가인이 대천신등과의 대혈전을 설명한 것은 주효했다.

중인은 감동으로 눈물을 흘리다가 경악으로 안색이 해쓱하게 돌변했다.

무림의 최고 관심사는 뭐니 뭐니 해도 대천신등의 동향이라고 할 수 있다.

무림에서 별의별 괴사와 크고 작은 사건들이 시도 때도 없이 벌어진다고 해도 무릇 대천신등에 대한 일만큼 중요하지는 않다. 비교 자체가 될 수 없다.

적멸가인이 마지막으로 광양자가 이끄는 무당검수들이 싸움에 뛰어들어 독고풍 일행과 합세하여 팔혼낭차들을 한 명도 남김없이 주살했다는 설명을 하자, 중인은 비로소 독고풍과 광양자가 친구가 된 사연을 깨닫게 되었다.

적멸가인은 시종 조용한 어조로 침착하게 이야기를 했으나 그 내용과 듣는 사람들의 반응은 폭풍과도 같았다.

설명이 끝나고 나서 한참이 지났으나 아무도 입을 여는 사람이 없었다.

너무 큰 충격이라서 그것을 받아들이고 정리하는 데 시간이 걸리고 있었다.

독고풍은 이제 세 번째 충격을 줄 차례라고 생각했다. 사실 그는 겉으로는 언거번거하면서도 속으로는 무엇을 어떻게 할지 빈틈없이 계획을 짜놓고 있었다. 결국 그가 좌중을 쥐락펴락하고 있다는 뜻이다.

지금부터 할 말 때문에 그는 낙양성에서 악양성 정협맹까지 먼 길을 온 것이다.

중인이 조금씩 정신을 차리기 시작할 즈음, 독고풍은 북궁연을 주시하며 묵직한 목소리로 입을 열었다.

"맹주, 우리 힘을 합쳐 대천신등을 물리칩시다."

독고풍이 하대를 하다가 존대를 하는 등 말투가 들쭉날쭉했지만 아무도 신경 쓰지 않았다.

방금 그가 한 말은 과연 정협맹 인물들을 한순간 경직시키고 숨도 못 쉬게 할 만큼 충격적이었다.

북궁연이 정협맹에 반란을 일으키고, 사독요마와 전대 대마종에 대해서 전격적인 발표를 한 이후 사독요마는 일체 반응을 보이지 않았었다.

일대 변혁을 계획했던 북궁연과 그의 추종 세력이지만, 아무것도 변하지 않았다.

다만 정협맹의 주인이 바뀌고 배은망덕한 제자가 사부를 축출했다는 비난만 무림에 비등해졌을 뿐이다.

썩어빠진 무림을 대대적으로 변혁시켜야 한다는 북궁연의 주장은 그렇게 공염불이 되어가고 있는 중이었다.

그런 판국에 마침내 사독요마의 절대자인 혈풍신옥이 손을 내민 것이다.

사독요마와 진명유림의 연합.

북궁연과 그의 추종 세력에게 이보다 더 큰 선물은 없을 터이다.

바야흐로 북궁연의 대개혁이 최초의 빛을 발했다. 그리고 그 빛은 예상외로 크고 눈부셨다.

북궁연 이하 모두들 정신이 번쩍 드는 표정으로 일제히 독고풍을 쳐다보았다.

북궁연은 벌겋게 상기된 얼굴로 독고풍을 쳐다보았다. 방금 내가 들은 말이 사실이냐, 라는 물음이 그의 얼굴에 떠올라 있었다.

독고풍은 빙그레 미소 지으면서 가볍게 고개를 끄덕였다.

북궁연은 천천히 일어나 독고풍에게 걸어갔다. 그의 얼굴은 마치 열병에 걸린 듯 벌겋게 상기되어 있었다. 아까 크게 감동했던 것보다 몇 배나 더 감격한 표정이다.

그는 탁자를 돌아 독고풍 옆에 멈춰 서더니 두 손으로 그의 손을 덥석 잡고 열띤 목소리를 토해냈다.

"고맙소, 방주! 정말 고맙소! 당신은 진정한 대영웅이오!"

독고풍이 일어서자 북궁연은 충혈된 눈에 눈물이 고여 충심 어린 표정으로 말했다.

"선친이신 마군황에 이어서 방주마저 중원무림을 위해 헌신하시겠다니……. 나는… 뭐라고 말을 해야 할지……."

열혈청년 북궁연은 심신이 완전히 독고풍에게 감복하여 말을 제대로 잇지 못했다.

그때 정협십이성과 정협삼단주, 팔룡전대주 모두가 일어나서 독고풍을 향해 포권을 하고 깊숙이 허리를 굽히며 우렁차게 외쳤다.

"방주! 충심으로 감사드리오!"

적멸가인과 이십 명의 무적금위사는 가슴이 뿌듯하여 입가에 흐뭇한 미소를 머금었다.

독고풍은 북궁연의 손을 마주 잡으며 미소 지었다.

"맹주 역시 영웅이오."

북궁연은 고개를 가로저었다.

"아니오. 나를 어찌 방주에 비교할 수 있겠소? 그야말로 각화무염(刻畵無鹽)이오!"

못생긴 추녀가 아무리 화장을 하고 가꿔도 결코 미인과 비교할 수 없음을 자신과 독고풍에 빗대어 한 말이다.

독고풍은 그게 무슨 뜻인지는 모르지만 필시 좋은 말일 것이라고 생각했다.

모두 큰 방으로 장소를 옮겨 본격적인 회의에 들어갔다.

독고풍의 뜻에 따라 하나의 커다란 탁자에 독고풍과 적멸가인, 그리고 북궁연과 정협십이성이 빙 둘러앉았다.

그렇게 앉다 보니 독고풍 옆에는 청운자가 앉게 되었다.

다른 탁자에는 무적금위대, 또 다른 탁자에는 정협삼단주와 팔룡전대주가 둘러앉았다.

세 개의 탁자에는 미주가효가 가득 차려져 있었다.

강조와 냉운월, 기개세, 석중명, 보필 형제, 잔혈부, 귀혈창랑 등 무적금위대는 주거니 받거니 하면서 술을 마시고 있었는데, 정협삼단주와 팔룡전대주들은 꼿꼿하게 앉아서 요리와 술에는 손도 대지 않았다.

자미룡은 거의 한시도 독고풍에게서 시선을 떼지 않고 혼자서 자작(自酌)을 하는 중이었다.

그녀는 하루 종일 싸늘하거나 쓸쓸한, 아니면 우울한 표정을 짓고 있었다.

그리고 독고풍을 한껏 노려보다가도 입술을 삐쭉거리며 흘겨보기도 하고, 원망 어린 눈빛을 보내기도 했다.

하지만 독고풍은 자미룡에게 시선 한 번 주지 않았다. 일부러 그러는 것이 아니라 그럴 상황이 아니기 때문이었다.

자미룡은 그렇게 독고풍을 오랫동안 주시하면 네 번째 부인이 되기라도 할 것처럼 결사적으로 그를 바라보았다.

"화 형하고 술 한잔해도 되겠나?"

독고풍이 불쑥 북궁연에게 물었다. 아까는 '하오' 하더니 이제는 또 반말이다.

실내가 조용했기 때문에 모두 그 말을 들었다.

화영이 적이 놀란 얼굴로 독고풍 쪽을 쳐다보자 북궁연이 그에게 고개를 끄덕였다.

"일단주, 이리 오게."

명령으로 받아들인 화영이 다가가자 독고풍이 청운자 옆자리를 가리켰다.

"이리 앉게, 화 형."

오늘 독고풍을 만나기 전에 화영은 그를 원수로 생각하고 있었다.

그것은 북궁연이 사독요마에게 화해를 요청한 것과는 별개의 일이다.

화영은 항주성 황룡표국에서의 그 처절했던 치욕을 지금도 잊지 못하고 있었다. 그것을 잊는다면 사내가 아니라고 생각하는 것이다.

오늘 독고풍을 만난 이후 그에 대한 고정관념이 많이 바뀌기는 했으나 그렇다고 그때의 한이 사라진 것은 아니다.

그렇지만 화영은 독고풍에 대한 가슴속의 응어리진 원한이 자꾸만 씻겨 나가는 것을 생생하게 느끼고 있었다.

그것도 조금씩이 아니라 아예 뭉텅뭉텅 덩어리째 떨어져 나가고 있었다.

화영이 자리에 앉기도 전에 독고풍은 청운자와 북궁연에

게 차례로 술을 따르고 있었다.

 순서로 치자면 윗사람인 북궁연에게 먼저 따라야 하지만, 독고풍은 연장자인 청운자를 우선시했다.

 하지만 북궁연이나 다른 사람들은 청운자가 독고풍 가까이에 앉아 있기 때문이라고 여겼다. 더구나 독고풍이 워낙 두루춘풍하는 성격이라 개의치 않았다.

 오늘은 파격적인 날이다. 모두들 격의없이 웃으면서 대화했으며, 그러는 것이 이토록 좋다는 것을 모두들 오늘 처음 깨달은 듯했다.

 독고풍이 화영에게 직접 술을 따라 주었다. 그런데도 화영은 꼿꼿하게 앉아서 독고풍에게 시선조차 주지 않았다.

 "방주, 한 가지 궁금한 것이 있소이다."

 독고풍은 술을 마시면서 청운자를 쳐다보며 눈을 약간 크게 뜨면서 말해보라는 눈짓을 해 보였다.

 "방주께서 일전에 화영 이 녀석 하나만 살려 보냈었는데, 그 이유가 무엇인지 줄곧 궁금했었소."

 독고풍은 적멸가인이 젓가락으로 집어주는 요리를 받아먹느라 말을 할 수가 없었다.

 그는 입안의 것을 씹으면서 대수롭지 않다는 듯 대답했다.

 "사내니까."

 "사내? 그게 무슨 뜻이오?"

"눈빛이 활활 살아 있었어. 그리고 그때 화 형은 목숨을 구걸하지 않고 오히려 당당하게 죽이라고 말했지. 그래서 살려주었소."

독고풍의 대답은 충분했다.

청운자도, 당사자인 화영도 그의 설명에 충분히 납득했다. 아니, 실내의 모든 사람이 납득했다. 그리고 화영이라면 그러고도 남을 사람이라고 생각했다.

하지만 화영은 가볍게 눈썹을 찌푸리더니 단숨에 술을 비우고 나서 못마땅한 목소리로 뇌까렸다.

"나 혼자만 살아남은 것이 내겐 죽을 때까지 치욕이 될 것이라는 사실은 몰랐소?"

"사내이긴 한데 철이 없군?"

독고풍은 적멸가인이 입에 대준 요리를 받아먹으면서 중얼거렸다. 하지만 모두 똑똑히 알아들었다.

화영이 똑바로 독고풍을 쳐다보았다. 아니, 그것은 쏘아보는 것이었다.

독고풍은 우물우물 씹으면서 술잔을 든 손으로 화영을 가리키며 말했다.

"자네가 그때 죽었으면 지금처럼 이렇게 나한테 따지지도 못했겠지."

화영은 가볍게 움찔했고, 독고풍의 말이 계속됐다.

"죽는 것은 지는 것이고 살아 있는 것이 이기는 거야. 이기

려면 계속 살아 있어야 돼."

화영과 청운자를 비롯하여 모두들 독고풍의 말을 곰곰이 생각하는 듯한 표정을 지었다.

"좋은 세상이야. 죽어버리면 이런 맛있는 술을 어떻게 맛볼 수 있겠나. 안 그래?"

독고풍은 그렇게 말하고는 술을 홀짝 마셨다.

화영은 불복하는 듯한 표정으로 무슨 말인가 할까 말까 망설이다가 결국 뱉어내고 말았다.

"그렇다면… 중원무림을 구하신 방주의 선친의 죽음도 헛된 것이라는 말이오?"

그 말에 정협맹 사람들은 깜짝 놀라는 표정을 지었다.

독고풍의 아버지를 들먹이는 것은 너무 심한 비유라고 생각한 것이다.

그런데 독고풍은 선선히 고개를 끄덕였다.

"당연하지. 아버지가 죽는 바람에 어머니는 과부가 됐잖아. 그리고 핏덩이 아들이 이렇게 큰 것도, 예쁜 며느리들도 못 보잖아. 살아 있으면 마누라와 아들, 며느리들하고 술도 마시고 놀러 다니기도 하고, 나중에 내가 자식을 많이 낳으면 손주들 재롱도 실컷 보고, 그 녀석들이 커서 시집, 장가가서 또 자식들을 낳는 것까지 보면 얼마나 좋겠어."

그의 말은 무식하고 우직하지만 모두의 고개가 절로 끄덕이게 만들었다.

"중원무림을 구한 것까지는 좋았어. 그리고는 살았어야지. 아버지가 살아 있으면 어머니와 나, 며느리들도 모두 좋아하겠지만, 제일 좋을 사람은 누가 뭐래도 아버지 자신이야. 그렇게 생각하지 않어?"

화영은 대답하지 못했다. 죽음은 흙으로 돌아가 완전히 무(無)의 상태가 되는 것이다.

알고 있었던 모든 사람들과, 그리고 몸을 담고 있던 이승과 절연(絕緣)하는 것이다.

반면에 삶은 가족과 주위 사람들과 함께 주어진 환경과 앞으로 주어질 더 많은 것들을 향유하면서 자신을 비롯한 많은 사람들에게 기쁨과 행복을 선사하는 것이다.

"내 어머니가 나더러 뭐라고 말했는지 아나? 천하니 무림이니 그딴 거 다 잊고 마누라들하고 어머니하고 아무도 모르는 곳에서 오래오래 행복하게 살자고 그러더군."

중원무림을 구하느라 남편을 잃은 아내가 유복자 아들에게 하는 심장을 찌르는 말이다.

독고풍은 화영의 잔에 술을 따르면서 중얼거렸다.

"죽은 영웅 따윈 소용없어. 그러니까 우린 대천신등을 깨부수고 나서도 오래오래 살자구. 벽에 벅벅 똥칠 해가면서 중원의 모든 사람들에게 영웅 대접받아 가면서 잘 먹고 잘살아야지, 암!"

더 이상 무슨 말이 필요하랴. 공자 맹자가 강론을 해도 이

보다 잘하지는 못할 것이다.
 모두들 고개를 끄덕이던가 잠시 자신이 걸어온 길을 회고하느라 깊은 생각에 잠겨 있었다.
 독고풍은 술잔을 들고 화영에게 내밀어 보이면서 빙그레 미소 지었다.
 "살아 있는 것이 그렇게 억울하면 지금 죽여줄까?"
 화영은 묵묵히 고개를 숙이고 있다가 이윽고 고개를 들고 독고풍을 쳐다보았다.
 조금 전하고는 달리 얼굴 표정이 밝았다. 그는 술잔을 들어 독고풍의 잔에 가볍게 부딪쳤다.
 쨍!
 "아니오. 생각을 바꿨소."
 "호오~ 어떻게?"
 "방주보다 더 오래 살 것이오."
 "나보다?"
 화영은 적멸가인을 힐끗 보고 나서 덧붙였다.
 "그리고 방주 부인보다 훨씬 아름다운 여자를 아내로 맞이해서 방주보다 더 많은 자식들을 낳을 것이오."
 청운자와 북궁연 등 모두 빙그레 미소 지으면서 화영의 세 치 혀의 복수를 지켜보았다.
 독고풍은 히죽 웃었다.
 "그건 곤란할걸?"

"어째서 그렇소?"

"우선, 예쁜 여자들은 이미 내가 다 차지했거든."

독고풍은 팔로 적멸가인의 어깨를 안아 자신에게 바짝 끌어당기며 빙그레 웃었다.

"정아는 무림제일미야. 그 말은 무림에 정아보다 예쁜 여자는 없다는 뜻이지. 그런데 얘가 내 마누라야."

"음......"

화영은 나직이 신음을 흘렸다.

독고풍은 은근히 몽니 궂은 심보가 생겨서 한술 더 떴다.

"천하제일미가 누군지 알지? 천상옥봉 은예상이라고, 걔도 내 마누라야."

천상옥봉 은예상이 혈풍신옥의 부인이라는 것은 잘 알려져 있는 사실이므로 화영이 모를 리 없다.

"음!"

그의 신음이 조금 더 깊어졌다. 문득 그는 의문이 생겨서 눈으로는 적멸가인을 쳐다보며 독고풍에게 물었다.

"그럼, 적멸가인이 정부인이오?"

그 말에는 설마 적멸가인처럼 쟁쟁한 여자가 둘째 부인이겠는가, 하는 뜻이 담겨 있었다.

그 물음에는 적멸가인이 독고풍의 품에 안긴 자세로 행복에 겨워 종알거리며 대신 대답했다.

"나는 풍 랑의 셋째 부인이에요."

모두가 충격받은 얼굴로 적멸가인을 주시했다.

그중에서도 북궁연과 화영의 충격이 가장 컸다. 자신들에게는 너무도 소중한 여자인데, 독고풍에겐 정부인도 둘째 부인도 아닌 셋째 부인이라니…….

두 사람을 더 어이없게 만든 것은, 그 서슬 퍼렇던 적멸가인이 방글방글 웃으면서 '나는 풍 랑의 셋째 부인이에요'라고 아무렇지도 않게 말했다는 사실이었다.

내친김에 화영은 바보 같은 질문을 하고 말았다.

"그럼… 둘째 부인은 누굽니까?"

"둘째 언니는 대천신등 팔혼낭차들의 급습에서 어머니와 첫째 언니를 보호하느라 중상을 입었어요."

그녀는 요마낭이 죽었다고 믿지 않았다. 물론 의술적으로는 죽었지만, 반드시 살리고 말겠다는 독고풍의 말을 굳게 믿고 있는 것이다.

적멸가인이 우울한 얼굴로 설명하자 중인은 적잖이 놀랐다. 이 얘기는 처음 듣는 것이기 때문이다.

독고풍은 손가락 세 개를 펼쳐 보이면서 의기양양한 얼굴로 화영을 쳐다보았다.

"나는 마누라가 모두 세 명이니까 자식도 자네보다는 내가 더 많이 나을 걸세."

그는 적멸가인의 엉덩이를 슬슬 쓰다듬으며 득의만면한 표정을 지었다.

"우핫핫핫! 보라구! 정아는 엉덩이가 커서 아이도 잘 낳을 것 같지 않은가?"

적멸가인은 독고풍이 엉덩이를 만져 주는 것이 기쁘다는 듯이 물색없게도 엉덩이를 조금 더 쑥 내밀면서 그의 어깨에 뺨을 비볐다.

정협맹 사람들은 두 손 두 발 다 든 표정을 지었다. 그러면서 그들은 왜 여자들이 독고풍에게 사족을 못 쓰는지 조금쯤은 알 것 같은 얼굴이었다.

미녀들은 점잖은 남자보다 재미있으면서 잘 만져 주는 남자를 좋아한다고 생각한 것이다.

화영은 껄껄 웃고는 독고풍에게 고개를 숙였다.

"방주에게 무조건 졌소. 불초는 방주를 이길 수 있는 것이 하나도 없소."

"아니, 하나 있네."

"그게 무엇이오?"

독고풍은 도섭스러운 얼굴로 고개를 절레절레 흔들며 엄살을 부렸다.

"나도 화 형처럼 철이 없어봤으면 좋겠네. 철들고 나서부터는 세상살이가 예전 같지 않게 힘들어졌거든. 나는 철없는 것으로는 도저히 화 형을 이기지 못하겠어."

화영을 비롯한 모든 사람들이 어? 하는 표정을 지었다가 일제히 와악! 하고 박장대소를 터뜨렸다.

독고풍 덕택에 실내의 분위기는 그야말로 한 집안 식구끼리 어울리는 것처럼 화기애애해졌다.
 그러나 단 한 사람, 자미룡만은 고개를 푹 숙인 채 술에 원수가 진 사람처럼 술만 마셔대며 속으로 독고풍에게 원망을 퍼부었다.
 '흥! 가계야치(家鷄野雉)도 유분수지. 풍 랑을 안 것은 내가 제일 먼저인데, 어째서 나는 제쳐 두고 다른 여자들만 마누라를 삼는 거냐고. 흥! 흥!'
 집의 닭은 미워하고 들의 꿩을 좋아한다.
 자미룡의 속내인즉, 순서상으로도 자신이 적멸가인보다는 앞서는데, 독고풍이 어째서 굴러 들어온 돌을 부인으로 삼았느냐는 것이다.

 왁자하던 분위기가 고자누룩해지자 독고풍이 지금까지와는 달리 진중한 얼굴로 북궁연을 쳐다보며 입을 열었다.
 "맹주, 대천신등을 상대할 방법에 대해서 의논해 봅시다."
 그 말에 좌중이 찬물을 끼얹은 듯 조용해졌다.
 모두들 술을 마시면서 웃는 얼굴로 대화는 하고 있었으나 내심 밑바닥에는 대천신등에 대한 생각이 두텁게 깔려 있어서 마음이 편하지 않았다.
 북궁연은 정협십이성을 한 사람씩 천천히 둘러보았다. 그들에게 무슨 의견이 있나 싶어서다.

하지만 정협십이성은 하나같이 고개를 가로젓거나 씁쓸하거나 어두운 표정을 지었다.

불과 몇 시진 전에야 비로소 대천신등에 대해서 처음 들었거늘 그들을 대처할 방법이 있을 리가 없다.

적멸가인은 혈오가 대천신등에 십팔 년 동안 잠입해서 알아낸 사실들을 아까 정협맹 사람들에게 자세히 설명해 주었다.

그것에 의하면, 대천신등의 중원 재침공 준비는 이미 완벽하게 끝난 상태다. 아니, 어쩌면 이미 시작되고 있는지도 모르는 일이다.

북궁연은 진중한 얼굴로 독고풍을 쳐다보았다.

"그럼 지금부터 대책을 논의해 봅시다."

처음에 독고풍을 만났을 때에는 분위기가 머슬머슬했었는데, 이제는 친구까지는 아니더라도 경계심이나 경원하는 마음이 많이 느즈러진 기분이라서 그의 말투도 부드러워졌다.

"맹주, 내 계획을 한번 들어보겠나?"

독고풍은 적멸가인이 술을 따라서 공손히 내민 잔을 받아 탁자에 내려놓고 짐짓 진지한 표정으로 북궁연을 보았다.

설마 독고풍에게 무슨 계획이 있겠는가, 하고 생각하는 것은 북궁연 혼자만이 아니었다. 그러면서도 혹시 하는 마음에 모두들 독고풍을 주시했다.

"말씀해 보시오."

독고풍은 주먹으로 손바닥을 탁! 치면서 강한 어조로 짧게 말했다.
 "까짓것, 차라리 우리가 대천신등을 먼저 공격하는 것은 어떻겠는가?"

第九十章
녹천대련(綠天大聯)

날이 어두워지기 전에 독고풍 일행은 군산 정협맹을 출발하여 악양 포구에 도착했다.

북궁연과 화영, 청운자 등 정협맹의 모든 사람들이 며칠 더 머물다 가라고 한사코 붙잡았지만 독고풍은 정중히 거절하고 정협맹을 떠났다.

다른 계획이 있기 때문이다.

그런데 포구에는 뜻하지 않은 사람이 뜻하지 않은 것을 갖고 독고풍을 기다리고 있었다.

한 명의 갈의경장고수가 먹물처럼 새카만 한 필의 검은 말의 고삐를 잡고 서 있다가 배에서 내리는 독고풍을 발견하고는 그 자리에 납작하게 부복했다.

독고풍은 갈의고수에게 다가가 손수 부축해서 일으키며 반가운 탄성을 터뜨렸다.

"오! 너는 곽필 아니냐?"

그는 무적방 구주군 구주오령 소속 제팔조장 곽필이었다.

다섯 달쯤 전에 그는 직속상관인 오령주의 명령으로 악양 근처 임상현이라는 곳에 있는 대풍방을 염탐하다가 발각되어 수하들과 함께 죽을 위기에 처했었다.

때마침 은예상, 요마낭과 함께 말을 타고 그곳을 지나가던 독고풍이 요마낭에게 명령하여 곽필과 수하 한 명을 구해준 적이 있었다.

그때 독고풍은 강조와 자미룡 등에게 곽필과 수하를 치료해 주라고 명령했었다.

"그래, 다친 곳은 다 나았느냐?"

그 당시에 곽필은 온몸 십여 곳에 크고 작은 상처를 입은 만신창이 몸이었다.

그는 독고풍이 자신의 미천한 이름까지 기억하고 있을 줄은 꿈에도 몰랐기에 황송하여 어쩔 줄을 모르고 굽실거리며 더듬댔다.

"바… 바… 방주의 으… 은혜에… 깨끗이 나았습니다."

"이놈아. 나는 바… 바… 방주가 아니라 방주다."

독고풍이 곽필의 어깨를 두드리며 농을 하자 그는 깜짝 놀랐다가 어색한 웃음을 지었다.

"네, 방주님."

"님 빼고."

"네, 방주!"

"오냐."

독고풍은 곽필이 끌고 온 먹처럼 검은 말에게 다가가 콧등과 갈기털을 쓰다듬었다.

"네가 왔구나, 흑뢰."

검은 말 흑뢰는 독고풍이 마음에 들어했던 애마다. 다섯 달 전에 그는 흑뢰에 은예상과 요마낭을 태우고 악양으로 가던 중에 곽필을 만났었다.

흑뢰는 독고풍의 말을 알아듣는 듯 머리를 그의 어깨에 비벼대며 낮게 울었다.

곽필이 공손히 설명했다.

"구주군장께서 속하를 보냈으며, 흑뢰는 요마군장께서 방주께 전해드리라고 하셨습니다."

이어서 품속에서 봉인된 서찰 한 통을 꺼내 공손히 바쳤다.

독고풍이 봉인을 뜯고 적멸가인과 나란히 서서 서찰을 읽는 동안 무적금위대가 배에서 모두 내려 독고풍 뒤에 나란히 정렬했다.

서찰에는 세 가지 내용이 적혀 있었다.

첫째, 무적방 전체에서 자질이 우수하고 젊은 천 명의 고수를 선발하여 균현과 원진이 대마종과 사대종사의 절학을 집중적으로 가르치고 있다는 것.

둘째, 대동협맹 맹주를 직접 만나고 싶다는 독고풍의 친서를 전한 결과 그쪽에서 수락했으며, 장소는 독고풍이 임의로 정한 무창성의 선화루로 한다는 것.

셋째, 총혈계를 공격할 모든 준비를 완료했다는 것.

서찰을 읽은 독고풍과 적멸가인은 흑뢰에 올라탔다. 독고풍이 앉은 앞에 적멸가인이 그의 품에 안겨서 반쯤 누운 듯한 자세를 취했다.

마상의 독고풍이 공손히 시립하고 있는 곽필을 굽어보았다.

"곽필, 너는 말을 한 필 구해서 타고 나를 따라와라. 너를 심부름꾼으로 써야겠다."

그의 말이 끝나기도 전에 적멸가인이 곽필에게 무엇인가 반짝이는 것을 던졌다.

얼떨결에 손을 내밀어 받은 곽필은 그것이 무엇인지 확인하고는 소스라치게 놀랐다.

그의 손에는 갓난아기 주먹만 한 크기의 금원보(金元寶) 하나가 놓여 있었다.

금원보 하나가 금화 오십 냥의 가치니까 준마 백 마리는 사고도 남을 정도의 거액이다.

"주… 주모! 이것은 너무 많습니다!"

곽필이 '삼주모'가 아니라 '주모'라고 부른 것에 기분이 좋아진 적멸가인이 금원보 하나를 더 던졌다.

"하나 더 가져라."

"와악! 주, 주모!"

문파하고는 달리 중원무림의 모든 방파에 속한 사람들은 녹봉을 받아 생계를 유지한다.

최하급 지휘자 조장의 신분인 곽필의 한 달 녹봉은 은자 이십 냥이다.

독고풍이 황룡표국 쟁자수 시절에 받은 녹봉이 한 달에 은자 두 냥이었다.

그에 비하면 곽필은 열 배를 더 받는 것이고, 무적방의 녹봉이 다른 방파에 비해서 두 배 이상 후한 것이었다. 그것은 과거 요선계가 지니고 있던 엄청난 자금을 설란요백이 잘 지키고 있었기에 가능했다.

금화 한 냥은 은자 이십 냥이니까, 곽필은 방금 은자 이천 냥을 받은 것이다.

그것은 그의 팔 년하고도 넉 달치 녹봉에 해당하는 엄청난 거액이었다.

곽필은 손 위에 놓인 두 개의 금원보와 적멸가인을 번갈아 보면서 반쯤 정신이 나간 모습이다.

"가자."

독고풍에게 발뒤꿈치로 가볍게 옆구리를 채인 흑뢰가 대

로를 향해 천천히 걸어나갔다.

　흑뢰가 시야에서 완전히 사라질 때까지 무적금위대는 그 자리에서 꼼짝도 하지 않았다.

　흑뢰의 모습이 대로의 인파 속에 파묻히자 대열의 가운데 서 있던 냉운월과 강조, 기개세가 천천히 뒤로 돌아섰다.

　그들의 앞에는 자미룡이 퍼질러 앉아 있었다. 그녀는 몹시 취한 모습으로 앉아서 상체가 이리저리 흔들거렸으며, 손에는 술 호로병을 쥐고 있었다.

　냉운월 등 무적금위대는 자미룡이 만취한 모습을 독고풍에게 들키지 않으려고 자신들의 뒤에 숨겨두었던 것이다.

　자미룡을 굽어보는 냉운월과 강조는 안쓰러운 표정을 짓고 있었다.

　그들은 자미룡이 독고풍의 부인이 되려는 목적을 갖고 있다는 사실을 잘 알고 있었다.

　그녀가 말해주지 않았어도 하도 설쳐 댔기 때문에 알고 싶지 않아도 알 수밖에 없는 일이었다.

　무적금위대의 절반 이상은 자미룡과 한솥밥을 먹은 지 일년이 가까워오기 때문에 그녀에 대해서 너무 잘 알고 있다.

　다른 여자들하고는 달리, 독고풍이 그녀를 한 번도 가까이한 적이 없다는 사실을 잘 알고 있는 동료들은 그녀가 독고풍의 부인이 되는 것은 불가능한 일이라고 생각한다.

　그래서 그녀가 오르지 못할 나무에 오르려고 아등바등하

는 것을 안쓰러워하고 있는 것이다.

 냉운월이 강조와 기개세에게 눈짓을 보내고는 자미룡의 뒤에 앉았다. 내공으로 그녀의 취기를 몰아내기 위해서다.

 자미룡은 스스로 취기를 몰아낼 생각을 하지 않았다. 맨정신이라면 그럴 리 없겠지만, 어느 정도 취기가 오르자 그녀는 될 대로 되라는 식이 돼버렸다.

 그러다가 조금 더 취해서는 차라리 자신의 술 취한 모습을 독고풍에게 들켰으면 좋겠다는 식으로 행동을 해댔다. 그럼 속에 있는 말을 술의 힘을 빌려서 다 쏟아내려는 것이었다.

 결국 자미룡은 정협맹에서 출발할 때 냉운월에게 업혀서 나와야만 했다.

 배에서도 독고풍에게 들키지 않으려고 냉운월은 그녀를 데리고 선창에 숨어 있었다.

 독고풍이 먼저 출발한 지금 냉운월은 자미룡의 취기를 몰아내서 무적금위대의 임무를 이행해야만 한다.

 강조와 기개세가 재빨리 자미룡의 양팔을 잡았다.

 그와 동시에 미리 공력을 운기하고 있던 냉운월이 장심을 자미룡의 명문혈에 밀착시켰다.

 확!

 "뭐 하는 거야?"

 순간 자미룡이 양팔을 거칠게 휘두르며 강조와 기개세를 떨쳐 냈다.

자미룡은 무적금위대에서 강조와 최고수 자리를 다툴 정도로 고강하다.

그런 그녀가 순간적으로 공력을 끌어올려 세차게 뿌리치니까 강조와 기개세는 비틀거리면서 서너 걸음이나 물러나야만 했다.

"우라질! 저년을 그냥!"

창!

아까부터 꾹꾹 눌러 참았던 기개세가 짧은 인내심이 한계에 도달하여 결국 검을 뽑아 자미룡에게 득달같이 덤벼들며 휘둘렀다.

"멈춰!"

쨍!

어느새 검을 뽑은 강조가 기개세의 공격을 차단했다. 그러지 않았으면 기개세의 검은 자미룡의 몸을 베었을 것이다.

그는 급하고 잔인한 성격이며 이해심도 없다. 타인으로 인해서 자신이 손해 보는 것을 절대로 인정하지 못하는 부라퀴 같은 인간이다.

제 앞길을 막거나 거추장스러우면 독고풍을 제외한 어느 누구라도 가차없이 벨 것이다.

그사이에 냉운월이 자미룡의 마혈을 재빨리 짚어 들쳐 업고 일어나서 싸늘하게 기개세를 꾸짖었다.

"기개세! 강조가 막지 않았으면 미룡이 다칠 뻔했다! 그러다가 죽으면 어쩌려는 것이냐?"

"죽이려고 공격한 건데 당연히 죽어야지!"

"너……"

기개세는 강조 때문에 자미룡 가까이에 접근하지는 못하고 검으로 자미룡을 가리키면서 오만상을 쓰며 지껄였다.

"우린 방주의 호위대야! 그런데 저년 하는 꼬라지를 보라구! 왜 우리가 저런 쓸모없는 년 때문에 임무 수행에 차질이 생겨야 하느냐구!"

그의 말이 옳다. 무적금위대는 방주 최측근으로서 그의 곁에서 한시도 떨어져서는 안 된다. 그런데 자미룡이 번번이 씨양이질로 방해를 하는 것이다.

하지만 임무만을 논했을 때 그렇다는 뜻이다. 인간관계에는 임무만 있는 것이 아니다.

우정, 동료애 같은 것들도 있다. 그것들은 임무만큼 중요한 것이다.

강조가 검을 거두고 대로 쪽으로 달려가며 두 사람의 언쟁을 중단시켰다.

"꾸물거리지 말고 가자."

기개세가 냉운월을 쏘아보면서 이죽거렸다.

"냉운월, 앞으로는 그 어린 계집애를 좀 더 철저하게 보살펴야 될 게다."

그렇지 않을 경우 자미룡이 또 임무에 지장을 주면 대가를 치르게 하겠다는 뜻이다.
 냉운월은 발끈해서 기개세를 몰아세우려고 했지만 그만두었다. 따지고 보면 기개세의 말이 옳기 때문이었다.
 그녀는 입을 꾹 다문 채 무적금위대의 뒤를 따르면서 자미룡의 거취에 대해서 심각하게 생각해 보았다.

 악양성에서 무창성까지는 삼백여 리의 거리로써, 천천히 가면 사흘 거리고 잰걸음으로 가면 이틀에 당도할 수 있다.
 대동협맹주 무적검절 태무천 일행하고는 닷새 후에 만나기로 했으니까 독고풍은 그리 서두르지 않았다.
 요마낭이 가사 상태에 빠진 것과 '당하대혈전'에서 측근들을 많이 잃은 것에 대한 충격이 아직도 아물지 않고 있어서 독고풍을 많이 힘들게 했다.
 그 일로 인해서 그는 충격을 받은 만큼 정신을 차렸다. 철이 더 들었으며, 생각이 더 깊고 길게 하게 되었다. 즉, 예전보다 훨씬 진지한 성격이 되어가고 있는 중이었다.
 예전 같았으면 '당하대혈전' 이후 그 충격과 피해 때문에 오두방정을 떨며 당장이라도 복수를 하겠다고 펄펄 날뛰었을 것이다.
 그러나 지금 그는 전혀 그렇지 않다. 갑자기 천방지축 아이에서 어른이 된 듯한 기분이다.
 아픔은 사람을 성숙시킨다고 했다. '당하대혈전'의 아픔이 너무 컸던 만큼 그는 성숙해져 있었다.

지금은 다들 상처를 치유하는 중이다. 몸에 난 상처는 깨끗이 치유됐으나 마음에 새겨진 상처는 얼마나 오래갈지 알 수가 없다.

그래서 독고풍은 자신의 괴로움을 겉으로 절대 표현하지 않는 것이다.

자신이 이겨내지 못하면 측근들은 더 힘들어할 것이라고 생각하기 때문이었다.

'당하대혈전' 이후 그는 혼자 있을 때에만 그 당시를 떠올리며 남몰래 괴로워했다.

그런 경험은 태어난 이후 처음이지만, 두 번 다시 재현하고 싶지 않았다.

독고풍과 적멸가인은 이틀째 밤을 장강변의 가어현(嘉魚縣)이라는 곳에서 묵기로 했다.

이곳은 악양성에서 무창성까지의 중간쯤에 위치했다.

두 사람은 포구에서 수백 장 떨어진 강가에 자리 잡고 있는 운치있는 객점에 여장을 풀었다.

그리고 두 사람이 주루로 운영하는 객점 아래층에서 식사를 하고 있을 때, 포구 쪽에서 요란한 소리가 들려왔다. 거리가 멀기 때문에 공력이 있는 사람만 감지할 수 있었다.

하지만 독고풍은 오붓한 시간이 방해받는 것이 싫었기 때문에 모른 체 식사를 계속했다.

그러나 계속되는 소리가 거슬렸다. 그것은 그냥 소리가 아니라 많은 사람들이 쏟아내는 처절한 비명이었다.

적멸가인도 그 소리를 들었지만 독고풍이 가만히 있는 이유를 알 수 있을 것 같아서 잠자코 식사만 했다.

"무슨 일이냐?"

비명 소리가 점점 더 많아지자 결국 참다 못한 독고풍이 중얼거리듯이 물었다.

보이지 않는 곳에서 강조가 전음으로 보고를 했다.

"수적(水賊)들이 백성들을 닥치는 대로 학살하면서 약탈을 하고 있습니다."

"수적이 백성들을?"

적멸가인은 강조의 전음을 듣지는 못했지만 독고풍의 중얼거림을 듣고 어떻게 된 일인지 즉시 알아차렸다.

그녀는 완벽하게 독고풍에게 동화됐으나 아직 버리지 못한 것이 있는데, 정의 혹은 의협의 잔재가 남아 있었다.

그때 누군가 주루 안으로 달려들어 오며 악을 썼다.

"녹천대련(綠天大聯) 놈들이 몰려와요! 어서 도망쳐요!"

"녹천대련이라고?"

주인과 점소이들, 주루 안에 있던 손님들의 안색이 새하얗게 질리더니 다음 순간 앞 다투어 뒷문으로 몰려가 도망치기 시작했다.

적멸가인이 방그레 미소 지으면서 독고풍을 바라보았다.

"풍 랑, 수적들을 치게 해주세요."

"어째서?"

적멸가인은 독고풍이 아직 정도(正道)나 민심 같은 것이 뭔지 모른다는 사실을 알고 있기에 차근차근 설명했다.

"사독요마는 죄없는 백성들을 약탈하거나 괴롭히지 않죠?"

"물론이지. 아버지 대에서도 그랬으니까 나도 당연히 그렇게 해야지."

"그 이유를 알고 계세요?"

"이유… 가 있어?"

"물론이에요. 아버님께서 이유도 없이 무턱대고 약탈을 금하셨겠어요?"

독고풍은 고개를 끄덕였다.

"음, 그렇군. 그럼 이유가 뭐지?"

백성들의 비명 소리가 계속 들려와 적멸가인은 조급했다. 하지만 실을 바늘 허리에 묶어서 사용할 수는 없다. 지금뿐만이 아니라 장차를 위해서라도 지금 설명을 제대로 해놔야만 한다. 그러려면 독고풍을 이해시켜야 한다.

"백성은 이 땅의 근본이에요."

"근본?"

독고풍은 모르겠다는 듯 고개를 갸우뚱했다. 무공도 모르고 아무런 힘도 없는 백성이 이 땅의 근본이라는 말을 이해할 수 없었다.

"무림인들이 하는 일은 무엇인가요?"

"음, 싸움을 하지."

"왜 싸우죠?"

독고풍은 이맛살을 찌푸리고 생각에 골몰했다. 그러나 적멸가인의 계속된 물음에도 귀찮아하지 않고 대답을 생각해 내느라 애썼다. 그것이 그의 달라진 모습 중 하나다.

"세력을 넓히거나 지키려는 것이 아닐까?"

적멸가인은 그가 스스로 대답을 찾아낸 것이 몹시 대견해서 환하게 미소를 지었다.

"맞아요. 그럼 그 세력권 안에는 무엇이 있죠?"

그녀는 자신의 입으로 일일이 설명할 수도 있는 것을 독고풍이 스스로 깨닫게 하려고 대답을 유도했다.

독고풍은 무언가 중요한 것을 깨달은 듯 고개를 번쩍 들며 낮게 외쳤다.

"백성이다! 그렇지?"

적멸가인의 미소가 더욱 짙어졌다.

"맞아요. 그 세력권 안의 백성들은 모두 자신의 역할을 충실하게 다하고 있어요. 농부는 농사를 짓고, 어부는 물고기를 잡으며, 소나 돼지, 양, 염소 등을 목축(牧畜)하는 사람들도 있고, 옷감이나 이불 등을 생산하는 사람들, 소금이나 금, 은, 철 등을 캐고 또 생산하는 사람들, 그리고 많은 물건들을 천하

곳곳으로 운반하여 팔고 사는 장사꾼들. 그들이 없다면 천하도 없는 것이지요."

독고풍은 알겠다는 듯 고개를 끄덕였다.

"그렇군. 그래서 백성이 이 땅의 근본이라는 것이로군."

"소녀가 왜 백성을 보호하려는지 이제 알겠어요?"

독고풍은 힘있게 고개를 끄덕였다.

"내 백성들이니까."

"……!"

그것은 적멸가인이 기대한 대답이 아니다. 그녀는 단지 '이 땅의 근본인 백성을 해치는 것은 이 땅을 해치는 것이다'라는 사실을 일깨워 주고 싶었을 뿐이다.

'내 백성'이라는 말은 천하에서 오직 한 사람만이 할 수 있다. 명나라의 황제가 바로 그다.

'설마 풍 랑은……'

문득 적멸가인의 뇌리를 스치는 것이 있었다. 독고풍이 '내 백성'이라고 부를 수 있는 위치에 오르려는 야망을 품고 있는지도 모른다는 생각이 든 것이다.

그녀는 독고풍의 목적이 무엇인지 아직 모른다. 그가 천하를 제패하려는 것은 은예상이나 모든 무적방 수하들이 알고 있는 사실이지만, 아무도 적멸가인에게 그런 말을 해준 적이 없었다.

그녀가 잘못 들은 것이 아니라면 이쯤에서 남편의 야망이 무엇인지 분명하게 짚고 넘어가야 할 것이다. 그래야지만 그에 따른 적절한 내조를 할 수 있을 테니까.

"풍 랑."

적멸가인이 마음을 가라앉히고 조용히 그를 불렀다.

"말해봐."

"풍 랑의 야망은 무엇인가요?"

독고풍은 젓가락질을 뚝 멈추고 잠시 적멸가인을 응시하다가 젓가락을 탁자에 내려놓았다. 이어서 여태까지와는 달리 조용하고 또렷한 어조로 입을 열었다.

"너는 아직 모르고 있었나? 나는 천하의 주인이 되고 싶다."

"아……!"

자신의 짐작이 맞음을 확인한 적멸가인은 나직한 탄성을 터뜨렸다. 그녀는 뛰는 가슴을 진정시키느라 애쓰며 조용하게 말했다.

"그러니까 당신의 백성이 수적 떼에게 죽도록 내버려 둬선 안 되겠지요?"

독고풍은 대답 대신 조용한 목소리로 명령했다.

"강조, 백성들을 구해라."

"명을 받듭니다."

직후 강조의 전음이 들려오자 독고풍은 다시 식사를 하기 시작했다.

"으악!"

"크악!"

잠시 후에 주루 밖에서 처절한 비명 소리가 한동안 연이어 터져 나왔다.

주루로 달려오던 녹천대련의 수적들을 무적금위사 한 명이 모조리 도륙해 버린 것이다.

"이거, 이상한데?"

"뭐가요?"

독고풍이 고개를 갸웃거리자 적멸가인이 궁금한 듯 물었다.

"무적금위사 한 명이 수적 열 명을 죽이는 데 너무 오래 걸렸어. 그렇다면 저놈들은 내가 알고 있는 보통 수적이 아닌 것 같군."

그렇게 말하면서도 그는 먹는 것을 멈추지 않았다.

적멸가인은 문득 한 가지 사실이 궁금해졌다. 그저께 정협맹에서 독고풍은 아버지의 유언이라면서 '절대 복수하지 말 것, 그리고 대천신등의 중원 재침공에 대비할 것'이라고 말해서 그곳에 있는 모두를, 아니, 적멸가인마저도 크게 감동을 시켰다.

하지만 그는 방금 '천하의 주인'이 되고 싶다고 자신의 야망을 말해주었다.

전대 대마종과 사대종사를 배신했던 인물들은 하나같이

중원무림의 거물들이며 한 지역의 패권을 쥐고 있다.

그런데 어떻게 그들에게 복수를 하지 않고 천하의 주인이 될 수 있단 말인가.

더구나 대천신등의 중원 재침공에 대비하는 것은 '천하의 주인'이 되는 것과는 더욱 동떨어진 얘기다.

적멸가인은 독고풍의 잔에 술을 따르면서 조심스럽게 말문을 열었다.

"아버님의 유언 말이에요."

독고풍은 술잔을 들면서 고개를 끄덕였다.

"응."

"유언을 어길 생각인가요?"

독고풍은 술을 입속에 쏟아붓고는 고개를 가로저었다.

"못난 아버지라도 말은 들어야지."

"그럼 유언을 지키면서 어떻게 천하의 주인이 되죠?"

"아버지의 유언을 지키면 되지."

"글쎄, 그걸 어떻게······."

독고풍은 젓가락으로 요리를 뒤적이며 대수롭지 않게 중얼거렸다.

"아버지의 유언은 '천하를 제패하라'는 것이었다."

"네?"

"그러니까 나는 아버지 유언을 지킬 거야."

"그럼 정협맹에서 한 말은······."

독고풍은 히죽 웃었다.
"거짓말이지."
"거짓말이라고요?"
독고풍은 턱을 쓰다듬으면서 도도하게 흐르는 밤의 장강을 창을 통해서 바라보았다.
"대천신등에게 짓밟혀서 뺏긴 천하를 다시 되찾는 것보다는, 뺏기기 전에 지키는 것이 좋은 방법이야."
"그런……."
"이제 생각해 보니까 그렇게 해야지만 내 백성들도 안전할 것 같군."
"당신……."
"정협맹과 대동협맹, 그리고 중원무림의 골칫거리들을 죄다 서장으로 끌고 가서 대천신등과 한바탕 싸우게 하고 모두 죽게 만드는 거야. 그래서 거기에 커다란 무덤을 하나 세워두고는 중원으로 돌아오면 만사 끝이지. 중원에는 더 이상 적이 없을 테니까."
"당신, 순……."
정말이지 꿈에도 상상하지 못했던 계획에 적멸가인은 얼굴이 하얘지면서 길고 흰 손가락으로 독고풍을 가리켰다.
"순 뭐?"
순간 적멸가인은 배를 움켜잡고 상체를 뒤로 젖히면서 숨이 넘어갈 듯 교소를 터뜨렸다.

"까르르르! 깔깔깔!"

독고풍은 적멸가인이 웃는 이유를 모르겠다는 듯 애매한 표정으로 그녀를 응시했다.

"내 계획이 우스워? 말이 안 되는 것 같아?"

독고풍의 그런 모습이 웃겨서 적멸가인은 탁자에 엎드려 발버둥을 치면서 까득까득 웃어댔다.

"아하하하… 학! 학! 제, 제발 그만 웃겨요. 소녀 이러다가 죽어요."

독고풍은 정말 모르겠다는 듯 고개를 갸우뚱거리다가 술을 들이켜며 적멸가인이 웃음을 그치기를 기다렸다.

포구 쪽에서 비명 소리가 계속 들려왔지만, 백성들의 것이 아니라 수적들 것이었다.

독고풍은 '당하대혈전' 이후 넉 달 동안 많은 생각을 한 끝에 한 가지 결정을 내렸다.

정협맹과 대동협맹, 대천신등을 서로 싸우게 만들어 무적방이 손도 대지 않고 코를 풀자는 것이었다.

말하자면 차도살인지계(借刀殺人之計)와 어부지리(漁父之利)를 합친 것이다. 하지만 그는 차도살인지계나 어부지리 같은 말을 모른다.

그가 그런 결정을 내린 데에는 그만한 이유가 있었다. 난연장에서 요마낭이 변을 당했으며, '당하대혈전'에서 많은 측근을 잃었기 때문에 앞으로는 될 수 있는 대로 수하들을 잃지 말아야겠다고 굳게 결심한 것이다.

그런 결정을 내리기는 했으나 어떻게 해야겠다는 구체적인 방법은 세우지 않았었다.

그런데 때마침 적멸가인이 대동협맹을 방문하기 전에 정협맹을 방문하는 것이 어떠냐고 물어왔다.

그 순간 독고풍의 머리가 환하게 밝아졌다.

정협맹과 대동협맹을 잘 구슬려서 정예고수들을 내놓게 하여 그들을 모아 대천신등을 공격한다는 기발한 계획이 떠오른 것이다.

그 후, 정협맹에서 아버지의 유언을 들먹인 것은 미리 계획한 것이 아니라 말을 하던 도중에 번쩍 떠오른 생각이었다.

그런데 바로 그것이 북궁연 이하 정협맹 사람들을 크게 감동시켰으며, 그로 인해 독고풍의 계획 일단계가 순조롭게 성사된 것이다.

물론 그의 계획은 아무도 모른다. 방금 전에 적멸가인에게 처음 말해주었을 뿐이다.

적멸가인은 얼마나 웃었는지 한참 만에야 숨을 몰아쉬면서 눈물을 닦았다.

그녀는 아직도 웃음기가 남은 얼굴에 감탄을 떠올리면서 엄지손가락을 치켜세웠다.

"최고예요."

심드렁한 얼굴로 술을 마시던 독고풍은 그녀의 밑도 끝도 없는 말에 힐끗 쳐다보았다.
"뭐가?"
적멸가인은 방글방글 미소 지었다.
"풍 랑의 계획 말이에요."
"정말?"
독고풍은 금세 헤벌쭉한 얼굴이 됐다.
적멸가인은 정색을 했다.
"정말이에요. 정협맹과 대동협맹은 풍 랑의 원수예요. 그들을 모두 서장으로 이끌고 가서 대천신등과 싸우게 하면 힘 안 들이고 복수를 하고, 또 대천신등에게도 큰 피해를 입힐 수 있으니까 그야말로 일거양득이지요."
"그렇지?"
"그 싸움에서 살아남은 자들을 우리가 모두 죽여서 서장에 묻어버리고 중원무림으로 돌아오는 거예요. 그럼 중원의 백성들은 전혀 피해를 입지 않겠지요."
적멸가인은 철저하게 독고풍의 여자가 됐다. 그녀는 독고풍이 중원무림을 장악하면 백성들을 괴롭히지 않을 것이라고 확신했다.
"주군, 진압했습니다."
그때 강조의 전음이 들렸다.

第九十一章
고향

대마종
大麻宗

포구에는 제압된 수적 백여 명이 무릎이 꿇린 채 옹송그리고 모여 있었다.

보통 수적들은 말 그대로 오합지졸이라서 입고 있는 옷이나 무기들이 제각각이게 마련이다.

그런데 이들은 모두 똑같이 황의 경장을 입었으며, 무기는 도를 지니고 있었다.

말하자면 평범한 수적이 아니라는 뜻이었다. 누군가에 의해서 양성되고 있는 자들이 분명했다.

수적들 옆에는 죽은 수적 오십여 명의 시체가 수북이 쌓여 작은 언덕을 이루고 있었다.

가어현의 백성은 삼십여 명이 죽었다. 그들의 말에 따르면, 수적들은 평소 불시에 들이닥쳐서 다짜고짜 백성들을 죽이고 재물을 약탈해 간다는 것이다.

이번에도 마찬가지였다. 수적들은 야음을 틈타 쥐도 새도 모르게 포구에 상륙하자마자 닥치는 대로 백성들을 죽이기 시작했다.

재물을 뺏기지 않으려고 발버둥 치는 백성들을 죽인 이후에 약탈이 이루어진다. 그러는 편이 훨씬 손쉽기 때문이다.

독고풍과 적멸가인은 무릎을 꿇고 있는 수적들 앞에 나란히 서 있었다. 그리고 수적들 둘레에는 무적금위대가 포위하고 있었다.

수적들은 무적금위대의 상대가 되지 못했다. 짧은 시간에 오십여 명이 죽었는데도 마지막 한 명까지 죽기를 각오하고 덤벼들었다.

그래서 어쩔 수 없이 백여 명의 혈도를 짚어 제압했던 것이다.

독고풍과 적멸가인은 그런 상황 보고를 객점에서 이곳까지 오는 동안 냉운월에게 들었다.

"그런데… 이놈들이 녹천… 뭔가라고 하지 않았나?"

독고풍은 아까 객점의 점소이에게 들었던 말이 생각나서 턱으로 수적들을 가리키며 물었다.

기개세가 우두머리를 찾으려고 수적들을 훑어보았다.

그때 자미룡이 수적들 속으로 걸어 들어가더니 그중 한 명의 뒷덜미를 잡아 마치 볏단을 다루듯이 가볍게 바깥쪽으로 끌고 나왔다.

이어서 그자를 꿇어앉히더니 아혈을 풀어주고 나서 냉랭한 목소리로 물었다.

"네놈들은 녹천대련의 졸개들이냐?"

모든 수적들이 황의 경장 차림인 데 비해서 그자는 황의 위에 검은색 배자(褙子)를 입고 있었으며, 머리에는 챙이 짧은 둥글고 납작한 검은색의 모자를 썼는데 두 줄의 끈으로 턱에 묶은 모습이다.

누가 보더라도 무리의 우두머리 같았다.

우두머리가 눈을 부라리면서 당당하게 외쳤다.

"우리는 녹천대련 진무련(震武聯) 팔단(八壇) 휘하 제사주(第四舟) 소속이다!"

자미룡이 차갑게 중얼거렸다.

"쓸모없는 것들이 이름이 길기도 하군. 그래서, 네놈이 제사주의 우두머리냐?"

"나는 사주령(四舟令)이 아니다."

주(舟)는 배를 뜻한다. 그것은 이들 수적, 아니, 제사주의 녹림 무리가 같은 배를 타고 왔음을 의미하기도 한다.

자미룡은 죽은 자들 쪽을 가리키며 다시 물었다.

"우두머리, 아니, 사주령은 죽었느냐?"

그러나 검은 배자를 인물은 이번에는 대답하지 않았다.
독고풍 옆에 서 있는 강조가 자신의 짐작을 말했다.
"주군, 사주령이라는 자는 아마도 다른 볼일을 보러 갔다가 곧 나타날 것 같습니다."

그의 말이 끝나기 무섭게 괴이한 음향이 독고풍 일행의 뒤쪽 허공에서 터졌다. 마치 거센 바람이 갈대숲에 몰아친 듯한 소리였다.

쏴아아ㅡ

수십 발의 화살이 허공을 뒤덮은 상태에서 독고풍 일행을 향해 쏘아져 오고 있는 것이다.

독고풍과 적멸가인은 돌아보지 않았다. 어떤 무리가 접근하면서 활을 쏘아댄 사실을 이미 감지했기 때문이다. 두 사람뿐만 아니라 무적금위대 모두 알고 있었다.

그때 보필 형제가 소리가 들려오는 방향으로 몸을 돌리면서 동시에 쌍장을 발출했다.

파아아!

두 사람의 쌍장에서 뿜어진 장풍이 부챗살처럼 허공으로 넓게 퍼져 나갔다.

어떤 일정한 목표물을 적중시킬 때에는 장풍을 일직선으로 뻗어나가게 하지만, 지금처럼 넓은 공간을 차지한 채 쏘아오는 화살을 날려 버릴 때에는 장풍이 크게 확산되도록 하는 것이다.

장풍은 쏘아오는 수십 발의 화살을 하나도 남김없이 지푸라기처럼 날려 버렸다.

이쪽으로 달려오면서 화살을 쏘아낸 오십 명의 인물은 그 광경을 보고 십여 장 밖에서 멈칫했다.

강한 힘으로 쏘아오는 수십 발의 화살을 단지 쌍장만으로 날려 버릴 능력의 소유자라면 일류고수가 틀림없을 것이라고 판단한 모양이다.

"잡아라."

적멸가인이 쳐다보지도 않고 짧게 명령하자 보필 형제와 석중명 등 다섯 명의 무적금위대가 기다리고 있었다는 듯 쏜살같이 쏘아갔다.

화살을 쏜 오십 명은 이곳에 잡혀 있는 녹천대련 제사주의 녹림인들과 같은 복장이었다.

다만 선두에 있는 한 인물만 붉은색의 배자를 입고 붉은 모자를 쓰고 있는 것이 달랐다. 아마도 그자가 제사주의 사주령인 듯했다.

그들은 무적금위사 다섯 명이 놀라운 속도로 쏘아오자 그 자리에 멈춰 서 일순 어떻게 해야 할지 모르는 것 같았다.

사실 제사주의 사주령은 날랜 수하 오십 명을 이끌고 이곳 가어현 현청(縣廳)을 습격하러 왔었다.

천하 어느 곳이든 현청에 재물이 많다는 사실은 어린아이조차 알고 있는 사실이다.

하지만 보통 녹림 무리는 관청을 공격하지 않는데, 그 이유는 간단하다.

관청에는 무술로 단련된 포졸과 군졸들이 최소 삼사십 명에서 많게는 백여 명 이상까지 주둔하고 있기 때문이다.

다시 말해 녹림 무리는 워낙 오합지졸이라서 관청의 재물이 탐나긴 하지만 포졸이나 군졸과 싸울 엄두를 내지 못하는 것이다.

최소한 여태까지는 그래왔었다.

그런데 그와 같은 상식을 깨고 녹천대련의 녹림 무리 오십여 명이 현청을 공격하여 포졸들을 무차별 주살하고는 재물을 약탈했다.

그 후에 개선장군처럼 의기양양해서 포구로 돌아가다가 동료들이 독고풍과 무적금위대에게 붙잡혀 있는 광경을 목격하고 말과 수레에 싣고 오던 재물을 놔둔 채 돌격하면서 선제공격을 한답시고 일제히 화살을 발사했던 것이다.

제사주의 수하들은 붉은 배자를 입은 사주령을 주시하면서 빨리 명령을 내려주길 기다렸다.

사주령의 눈동자가 포구에 무릎이 꿇려져 있는 수하들의 모습에서 그들을 포위하고 있는 무적금위사들, 그리고 독고풍과 적멸가인을 재빨리 훑었다.

그러면서 머리로는, 조금 전에 자신들이 쏟아낸 수십 발의 화살을 지금 달려오고 있는 다섯 명 중에 단 두 명이 장풍을 발출하여 날려 버렸던 광경을 기억해 냈다.

사주령은 상대가 불과 이십여 명 남짓이지만 강적이라는 사실을 간파했다.

백여 명의 수하가 제압당하고, 오십여 명이 죽은 것을 보면 금세 알 수 있었다.

그런데 왜 조금 전에는 그런 광경을 뻔히 보면서도 지금 같은 생각을 하지 못했는지 한심하기 짝이 없었다.

아니, 그런 생각을 미리 했던들 소용이 없는 일이었다. 녹천대련의 절대자인 총련주 녹천신왕은 몇 개의 새로운 율법을 선포했는데, 그중 하나가 '적에게 등을 보이고 도주한 자는 무조건 참형에 처한다'는 것이었다.

그러므로 요행이 지금 이 자리에서 도주한다고 해도 나중에 녹천대련의 추적대에게 붙잡혀 이곳에서 죽는 것보다 몇 배 더 끔찍한 고통을 당하다가 죽게 될 것이다.

아주 짧은 시간에 거기까지 생각한 사주령은 돌연 우렁차게 외치면서 앞으로 돌진했다.

"돌격! 사력을 다해서 싸워라!"

당연한 일이지만, 사주령이 이끌던 오십 명은 무적금위사 다섯 명에게 불과 반 다경도 버티지 못하고 이십여 명이 죽었으며 삼십여 명이 제압됐다.

제압된 자들은 먼저 제압되어 무릎을 꿇고 있는 동료들과 합쳐졌다.
 적멸가인은 보필 형제에게 우두머리인 사주령을 제압하라고 전음으로 명령했으며, 지금 제압된 사주령은 독고풍 앞에 무릎이 꿇려 있었다.
 독고풍은 녹천대련이라는 것에 약간의 흥미를 느꼈다.
 그는 틈틈이 설란요백에게서 무림의 정세에 대해 중요한 사항을 보고받아 왔었다.
 그 보고에 의하면, 일전에 녹림의 커다란 변화, 즉 녹천신왕이라는 인물이 녹채박림을 일통하여 녹천대련이라는 거대한 연합 세력을 발족했다는 내용이 있었다.
 이후 설란요백은 녹천대련을 감시하곤 있으나 별로 위협이 될 만한 세력은 아니라고 보고했었다.
 그래서 독고풍도 그렇게 여기고 있었다. 그런데 지금 눈앞에 있는 녹천대련의 수하들이 일개 녹림의 오합지졸이 아닐지도 모른다는 생각을 하고 흥미를 느낀 것이다.
 조금 전에 직접 목격했지만, 무적금위사 다섯 명이 사주령을 비롯한 오십 명의 녹림인을 죽이고 제압하는 데 반 다경이나 걸렸다는 사실은 뜻밖의 일이었다.
 그렇다면 이 녹림인들이 최소한 이류 수준은 된다는 얘기가 아닌가.
 "정아, 원래 녹림 무리의 무공 수준은 어느 정도냐?"
 이윽고 독고풍이 말문을 열었다.

독고풍과 같은 생각을 하고 있던 적멸가인은 눈을 가늘게 뜨면서 생각에 잠긴 얼굴로 대답했다.

"이자들은 소녀가 알고 있는 보통 녹림인보다 최소한 두세 배 이상 강한 것 같아요. 그게 조금 이상하군요."

"그렇지?"

독고풍은 고개를 끄덕이고 나서 몸을 돌렸다.

"정아, 이들을 처리하되 대가리는 끌고 와라."

이어서 그는 객점을 향해 천천히 걸어갔다.

적멸가인은 무적금위대에게 녹천대련 제사주 녹림인 전원을 현청의 포졸들에게 넘겨 뇌옥에 가두게 하고, 강조에게는 사주령을 끌고 오라고 명령했다.

객점으로 걸어가던 독고풍은 곽필이 흑뢰와 또 한 필의 말을 끌고 저만치에 서 있는 것을 발견하고 손짓을 해서 가까이 오게 했다.

"곽필, 말을 잘 묶어두고 객점으로 들어와라. 나하고 한잔하자."

"네?"

곽필은 소스라치게 놀라서 그 자리에 굳어버렸다.

그러나 독고풍은 못 본 체 객점으로 들어갔고, 적멸가인이 뒤따랐다.

수적 떼를 물리쳐 준 은혜에 보답한다면서 객점 주인이 근사한 요리와 술을 독고풍과 적멸가인에게 대접했다.

본격적으로 술을 마시기 전에 독고풍은 한 가지 처리할 일이 있었다. 강조가 끌고 온 사주령에게서 녹천대련에 대한 정보를 뽑아내는 것이다.

사주령은 마혈이 제압되어 무릎이 꿇린 상태에서 최대한 당당한 자세와 강직한 표정으로 독고풍을 노려보았다. 목에 칼이 들어와도 말 한마디 하지 않겠다는 각오가 역력한 모습이다.

그러나 사주령은 독고풍에게 귀신도 울고 갈 제령수어법이라는 수법이 있다는 사실을 꿈에도 모르고 있었다.

결국 사주령은 심지가 제압된 상태에서 자신이 알고 있는 것들을 모조리 줄줄 토해냈다.

독고풍과 적멸가인은 느긋하게 술을 마시면서 지금껏 모르고 있던 녹천대련에 관한 정보들을 들었다.

그것들을 대략 요약하면 다음과 같다.

녹천대련은 도합 여덟 개의 련(聯)으로 이루어졌으며, 그것을 일컬어 팔방무련(八方武聯)이라고 한다.

팔방무련은 건무련(乾武聯), 태무련(兌武聯), 이무련(離武聯), 진무련(震武聯), 손무련(巽武聯), 감무련(坎武聯), 간무련(艮武聯), 곤무련(坤武聯)이며, 각 련은 열한 개의 단(壇)으로, 각 단은 다섯 개의 주(舟)로 이루어져 있다.

일주(一舟)는 이백 명이고, 일단(一壇)은 천 명, 일련(一聯)

은 일만 삼백 명으로 이루어져 있다.

한 개의 련 휘하의 열 개 단은 각 천 명씩이지만, 가장 상급 단인 각 련의 이름 첫 자를 딴 단, 즉 곤무련의 경우 곤단(坤壇)이라는 이름의 상급 단은 삼백 명으로 이루어졌다.

다른 열 개의 단에 비해서 소속원 수가 칠백 명이나 적은 이유는 하나, 상급 단 휘하 삼백 명은 일류고수의 하(下)에 달하는 수준이기 때문이다.

녹천대련은 총련주와 여덟 명의 련주(聯主)가 천하의 아홉 개 지역, 즉 일주팔방(一州八方)을 지배하고 있다.

총련주 직속에 천 명의 일류고수들이 있으며, 녹천군림세(綠天君臨勢)라고 한다. 그들의 수준은 일류고수 중에서도 상(上)에 속한다.

팔망무련 각 련주들은 오백 명씩의 직속 수하를 거느리고 있는데, 각 련의 이름 첫 자를 따서 비살대(秘殺隊), 즉 건무련의 경우 건비살대(乾秘殺隊), 태무련은 태비살대(兌秘殺隊) 식으로 부르며, 그들의 수준은 일류고수의 중(中)에 속한다.

사주령에게서 더 이상 알아낼 것이 없다고 판단한 적멸가인은 강조에게 그를 끌고 가서 현청에 넘기라고 지시했다.

독고풍은 습관적으로 술을 마시면서 깊은 생각에 잠긴 표정이었다.

적멸가인은 잠시 생각하다가 독고풍을 바라보았다. 그와 함께 있었던 기간은 다섯 달 남짓이지만, 훨씬 더 오래전부터 부부로서 살아온 듯한 느낌이 들었다.

또한 그와 함께 살아온 세월이 한 오 년쯤 되는 느낌이라면, 그의 성격과 행동거지, 습관이 변하는 것은 한 십 년쯤 곁에서 지켜본 듯했다.

그만큼 적멸가인이 함께 있는 다섯 달 동안 독고풍은 많이 변모했다.

그녀가 처음 만났을 당시의 독고풍의 모습을 지금 찾아보는 것은 어려운 일이다.

아마도 그사이에 여러 큰 경험들을 했기 때문일 것이다. 그것이 그를 많이 성숙시켰다.

적멸가인은 원래 생각을 길게 하지 않는 편이다. 어떤 상황에 처하든 그 자리에서 보고 듣는 대로 즉각 판단하고 결정을 내린다.

예전의 독고풍은 그녀보다 더 극명했다. 아니, 생각이라고는 없는 사람 같았다.

그런 그가 지금 장고(長考)를 하고 있다. 그 원인이 적멸가인은 별것 아니라고 여기는 녹천대련 따위의 녹림 무리라는 사실이 더욱 놀랍다.

생각이 많이 길어져서 반 시진이 지날 때까지도 적멸가인은 독고풍의 맞은편에 꼿꼿하게 앉아서 그윽하게 그를 바라보고 있었다.

이후 일각 동안 더 생각하던 독고풍이 이윽고 턱을 괴고 있던 손을 떼고 적멸가인을 보면서 조금 무람한 표정을 지어 보였다.

"어… 내가 생각을 너무 오래했군. 심심했지?"

"아니에요."

적멸가인은 방그레 미소를 지었다.

문득 독고풍은 주루 한쪽에 주인과 점소이 등과 함께 서 있는 곽필을 발견하고 손짓했다.

"이리 오게."

곽필은 화들짝 놀라더니 번개같이 달려왔다.

독고풍은 턱으로 맞은편 자리를 가리켰다.

"앉아라. 술 한잔해야지."

적멸가인이 일어나 독고풍 옆에 나붓이 앉았고, 곽필은 그녀가 앉았던 자리에 잽싸게 앉았다.

"자, 한 잔 받아라."

독고풍이 술 한 잔을 따라서 내밀자 곽필은 벌떡 일어나 허리를 굽히며 공손히 받았다.

곽필에게 있어서 독고풍이 하는 말은 무엇이든 목숨을 바쳐서 실행해야 하는 지상명령이다.

사적인 감정 따위가 있을 리 없다. 앉으라니까 앉고, 마시라니까 마실 뿐이다.

독고풍의 술 마시는 습관은 무적방 내에서 유명하기 때문에 모르는 사람이 없다.

술자리에서는 평등하며 예절 따위는 없다. 말 그대로 술자리에서는 예절을 논하지 말라는 주석책례(酒席責禮)다.

독고풍은 지금까지 깊은 생각에 잠겼던 것과는 달리 기분이 점점 좋아지고 있었다.

이유는 간단하다. 손 하나가 적멸가인의 허벅지 속을 주유하고 있기 때문이었다.

술은 그녀가 따라주고 안주도 먹여주므로 손 하나 쓰지 않는다고 불편할 것은 없었다.

그의 언행과 성격이 많이 변했다고는 하지만 여자 밝힘은 그다지 변하지 않은 듯했다.

물론 맞은편에 앉은 곽필은 탁자에 가려서 독고풍의 손과 적멸가인의 허벅지를 볼 수 없었다.

하지만 독고풍의 손은 예전처럼 현란한 움직임을 취하지는 않았다. 그저 적멸가인의 허벅지를 쓰다듬는 것으로 만족하고 있었다.

"곽필, 자네 가족은 있나?"

독고풍은 곽필이 너무 경직되어 있다고 생각하여 사적인 질문을 했다.

그는 이렇게 느낌으로부터 대화하는 방법마저 스스로 배우고 있었다.

곽필은 땀을 뻘뻘 흘리며 더듬거렸다.

"있… 습니다, 방주."

"몇인가?"

"다섯입니다. 노모와 마누라, 그리고 아이들 셋이 있습니다."

"호오… 혼인을 했었군?"

최말단의 수하와 대화를 하는 중에 독고풍은 또 다른 화술을 배워가고 있었다.

"그… 렇습니다."

곽필은 몇 잔의 술과 독고풍의 관심있는 물음으로 인해 긴장이 웬만큼 풀렸다.

"스물두 살에 혼인해서 여식 둘과 아들 하나를 얻었습니다."

독고풍은 관심을 보였다. 자신도 이제 어머니와 아내들로 이루어진 가족이 생겼기 때문이다.

"큰아이가 몇 살인가?"

"그러니까… 그게……."

곽필이 갑자기 당황했다.

적멸가인은 그가 남몰래 손가락을 꼽는 것을 발견하고 자식의 나이를 정확하게 모르는 것이라고 여겼다.

적멸가인의 짐작이 맞았다. 하지만 곽필은 독고풍을 오래 기다리게 할 수 없어서 더듬거리며 대답했다.

"아마… 열다섯 살쯤 되었을 것입니다."

"아마 열다섯 살쯤?"

곽필이 갑자기 벌떡 일어나 이마가 탁자에 닿을 듯 허리를 굽히며 사죄했다.

"속… 하는 집을 떠난 지 십 년이 넘었기 때문에 자… 식들의 나이를 정확하게 모르겠습니다. 용서하십시오."

"집을 떠나 십 년씩이나 뭘 했나?"

곽필의 얼굴이 착잡해졌다.

"알량한 제 자신의 무술 실력 하나만을 믿고 무림에서 입신양명해 보려고 무작정 집을 떠났었는데… 그게 쉽지 않았습니다. 어쩌다 처음 들어갔던 방파가 사파였고 그다음 방파는 마도 방파였기에… 그때부터 사독요마로 행세하며 여기저기 떠돌아 다녔습니다."

어떤 계기로든 무술을 배우게 된 사람들은 거의 대부분 입신양명 출세를 꿈꾸게 마련이다.

대처가 고향인 사람은 출세할 기회가 자주 찾아오지만, 시골 사람들은 그렇지 못해서 결국 고향을 떠나 떠돌 수밖에 없는 것이다.

청산가매골(青山可埋骨). 저 멀리 보이는 푸른 산 어디든지 뼈를 묻을 수가 있다. 즉, 대장부는 반드시 고향에 뼈를 묻지 않아도 된다는 뜻이다.

고향을 떠나는 많은 사람들이 그런 생각을 갖고 있기 때문에 쉽게 가족을 등지기는 하지만, 크게 출세하여 의금귀향(衣錦歸鄉)하기는 어려운 것이다.

이후 곽필은 항주성에 새로 개파한 무적방이 사독요마를 모집한다는 소문을 듣고는 마지막 기회라 생각하고 달려갔다가 운 좋게 무적방도가 될 수 있었다.

무적방에서의 그의 생활은 순조로웠다. 작은 공을 몇 차례 세워 신임을 얻어 일약 열 명의 수하를 거느리는 조장으로 승급하는 행운을 누리기도 했다.

그때부터 녹봉이 두 배로 올라서 매달 꼬박꼬박 돈을 모으기 시작했다.

나중에 고향집에 돌아가서 집을 새로 짓고 노모와 아내, 아이들을 호강시켜 주기 위해서다.

그는 한시도 가족을 잊은 적이 없었다. 생긴 것은 범강장달이처럼 우락부락 험상궂지만, 그의 가슴은 단 두 가지 생각으로 가득 차 있었다.

방주에 대한 충성심과 가족에 대한 사랑이 그것이다.

"앉게. 자네 몇 살인가?"

"서른여덟입니다."

독고풍의 물음에 곽필은 대답을 하고 나서 조심스럽게 자리에 앉았다.

"가족은 어디에 살고 있는가?"

곽필의 얼굴이 또다시 어두워졌다.

"잘… 모르겠습니다."

"잘 모르다니?"

"십여 년 전에 살던 곳에 계속 살고 있는지… 아니면 먹고 살기가 어려워서 고향집을 떠났는지 모르겠습니다."

"가족에게 돌아가지 않을 생각이었나?"

"아… 닙니다. 성공하면 돌아갈 생각을 늘 하고 있었습니다."

"가족이 고향집을 떠났을지도 모른다면서?"

"수소문하면 찾을 수 있을 겁니다."

독고풍은 곽필을 어떻게 해줘야겠다고 속으로 생각했다.

"고향집이 어딘가?"

"선도진(仙桃鎭)입니다."

곽필은 그렇게 대답하면서 힐끗 열려 있는 창밖 강 건너를 쳐다보았다.

그때 적멸가인이 참견을 했다.

"선도진이면 이 근처가 아니냐?"

"그렇습니다."

적멸가인은 방금 곽필이 쳐다보던 창밖의 북동쪽을 가리키며 독고풍에게 설명해 주었다.

"이 방향으로 칠십여 리쯤 가면 한수 강변에 선도진이라는 작은 어촌이 있어요."

한수는 동남쪽으로 흐르고, 장강은 동쪽으로 흐르다가 무창에서 서로 만나 더욱 거대한 강을 이룬다.

그러니까 곽필의 고향집이 있는 한수 강변의 선도진은 독고풍 일행이 원래 가고 있는 무창 방향의 중간 지점 약간 북쪽에 위치하고 있는 것이다.

슥―

"술도 어지간히 마셨으니 슬슬 산책이나 해볼까?"

그때 독고풍이 일어나면서 중얼거렸다.

"곽필, 흑뢰를 준비해라."

독고풍을 따라서 주루 입구로 나가며 적멸가인이 곽필에게 지시했다.

그녀는 독고풍이 방금 말한 '산책'이 무슨 뜻인지 이미 간파를 한 것이다.

第九十二章

무림일축(武林一軸)

대망
大慶宗

다각… 다각…….

 산책을 하겠다던 독고풍은 가어현 포구에서 장강을 건넌 후 줄곧 북동쪽을 향해 말을 몰았다.
 빨리 달리지도 않고 천천히 말을 몰아 한수 유역에 이르렀을 때에는 강 건너로 부옇게 동이 터오고 있었다.
 독고풍의 뒤를 따르는 곽필은 객점을 떠난 지 오래지 않아서 독고풍의 의중을 짐작하고는 그때부터 가슴이 설레기 시작했다.
 가어현에서 북동쪽으로 칠십여 리에는 선도진이 있는데, 독고풍이 가고 있는 방향이 북동쪽이라는 것을 알아차린 것이다. 곽필이 어찌 고향 마을 가는 길을 모르겠는가.

그런데도 독고풍은 일체 내색하지 않고 적멸가인과 오순도순 담소를 하면서 이따금 곽필에게도 말을 걸며 꼬박 밤을 새워 이곳 한수에 이른 것이다.

일행이 오솔길을 벗어나 관도에 올라 약 일각쯤 더 가자 전방 한수 강변에 어촌 마을이 나타났다.

새벽의 강 안개에 부옇게 뒤덮여 있는 어촌 마을은 너무도 평화롭고 아름다웠다.

어둠이 물러가면서 서서히 드러나고 있는 어촌 마을의 광경은 마치 태고의 신비를 안고 지금 막 태어나고 있는 듯한 착각을 일으키게 했다.

"저곳이 자네 고향 마을인가?"

말을 멈춘 독고풍이 뒤따르는 곽필에게 물었다. 그러나 뒤에서는 아무 소리도 들리지 않았다.

그와 적멸가인은 고개를 돌려 뒤돌아보다가 빙그레 미소를 지었다.

마상의 곽필은 독고풍의 물음을 듣지 못했다. 눈앞에 펼쳐진 광경에 정신이 팔려 있었기 때문이다.

매일 밤 꿈에서만 볼 수 있었던, 오랜 세월이 지나면서 그마저도 점차 희미해져 가던 고향 마을을 실제로 자신의 눈앞에 두고 그는 이것이 꿈인가 생시인가 싶어서 온몸이 얼어붙어 버렸다.

독고풍과 적멸가인은 거쿨진 모습인 곽필의 두 눈에 눈물이 가득 차오른 것을 보고 빙그레 미소를 지었다. 지금 그의 심정이 어떨지 충분히 짐작할 수 있었다.

떠날 때는 길어야 일, 이 년이면 집에 돌아올 수 있을 것이라고 생각했는데, 십 년이 훌쩍 지나 버릴 줄이야 어찌 알았겠는가.

"자네 집을 찾아보게."

독고풍의 말에 곽필은 퍼뜩 정신을 차리고 눈물이 그렁그렁한 얼굴로 그를 쳐다보았다.

"방주……."

도대체 이 자비로운 방주에게 뭐라고 감사의 말을 해야 할지 아무것도 생각나지 않았다.

하지만 굳이 입을 열어 몇 마디 어설픈 말로 감사를 표시할 필요가 없었다.

곽필의 얼굴 가득 떠오른 표정이 이미 그의 진심을 독고풍에게 충분히 전달했기 때문이다.

독고풍은 빙그레 미소 지으며 어서 가보라고 고개를 끄덕여 보였다.

말에서 내린 곽필은 마을을 향해 쓰러질 듯이 비틀비틀 몇 걸음 걷다가 점점 빨라지더니 마침내 구르듯이 마구 달리기 시작했다.

선도진은 칠십여 호 정도의 그리 작지 않은 어촌이다. 곽필은 마을 앞 너른 길을 곧바로 가로질러 끝 쪽으로 달렸다.

마을은 십 년 전이나 조금도 변하지 않았다. 떠났을 때 광경 그대로였다.

그래서 곽필은 자신이 마치 어제 집을 떠났다가 돌아온 듯한 착각마저 들었다.

마을 끝자락에서도 이십여 장쯤 뚝 떨어져 혼자 외롭게 서 있는 한 채의 초옥.

갈댓잎을 엮어서 만든 지붕은 너무 오래돼서 누렇게 삭아 바람이 불지 않는데도 저절로 부서져 흩날렸다.

흙벽은 여기저기 구멍이 뚫리고 허물어져서 바람이 숭숭 드나들었고, 기둥과 서까래는 썩어 앙상한 뼈를 드러냈다.

누가 보더라도 아무도 살지 않는 폐가가 분명했다.

끼이…….

그런데 다 찌그러져서 금방이라도 떨어져 나갈 듯한 나무문이 열리면서 한 사람이 천천히 밖으로 나왔다.

노파였다. 환갑을 훨씬 넘긴 듯한 주름투성이 얼굴에 허리는 거의 직각으로 굽었고 금방이라도 쓰러질 듯한 걸음걸이는 위태롭기 짝이 없었다.

노파는 걸어가다가 손으로 벽을 짚고 잠시 쉬고 또 걷다가 쉬기를 반복하면서 삼 장 거리인 집 뒤 켠으로 돌아가는 데에만 한참이 걸렸다. 몸이 온전하지 못한 듯했다.

그녀는 집 뒤뜰의 우물에서 깨끗한 물을 길어 올려 집에서 갖고 온 질그릇에 담은 후 뒤뜰에 놓여 있는 위가 평평한 작은 바위에 올려놓았다.

그녀의 그런 행동은 마치 무슨 의식을 치르는 것처럼 경건하기까지 했다.

이어서 노파는 물그릇 앞에 무릎을 꿇고 앉아서 두 손을 비비며 뭐라고 작은 소리로 입속에서 웅얼웅얼 읊조렸다.

"콜록… 콜록……."

그러다가 갑자기 기침을 하기 시작했다. 기침은 점점 더 격렬해지더니 마침내 입에서 피를 토하고는 맥없이 옆으로 쓰러졌다.

"어머니!"

노파처럼 질그릇 하나를 갖고 뒤뜰로 오던 한 명의 아낙네가 쓰러져 있는 노파를 발견하고는 기겁을 하여 울면서 달려와 그녀를 안았다.

"몸도 성치 않으신데 누워 계시지 않고 왜 나오셨어요?"

"내 정성이 부족하기 때문에… 아범이 돌아오지 않는 것 같아서……."

노파는 아낙네 품에서 주름지고 앙상한 손을 들어 허공을 가리켰다.

"제가 어머니 몫까지 정성껏 빌 테니 염려 마시고 들어가 쉬세요. 이러다가 무슨 일이라도 당하시면 제가 아범 볼 낯이 없어요."

"어멈아, 간밤에 꿈속에서 아범을 봤단다."

아범이라는 말만 들어도 아낙네의 눈에서 닭똥 같은 눈물이 후드득 흘러내렸다.

"비단옷을 입고서… 수레를 타고 집으로 돌아오더구나."

"어머니, 저는 아범이 돌아오는 것까지는 바라지도 않아요. 그저 어디에 있든 건강하게만 있어주면… 그럼 언젠가는 죽기 전에 만날 수 있겠지요……."

흐느낌 때문에 아낙네의 끝말은 제대로 이어지지 않았다.

아낙네는 노파를 장작 패는 모탕에 기대어 앉혀놓고 우물에서 물을 길어 질그릇에 담아 바위 위에 노파가 먼저 올려놓은 질그릇 옆에 가지런히 올려놓았다.

그리고는 그 앞에 무릎을 꿇고 수없이 머리를 조아리면서 두 손을 비비며 남편이 무사하기를 기원했다.

혼인하여 오 년 남짓 함께 살다가 자식 셋을 낳은 후 훌쩍 떠나 이별의 세월이 훨씬 길었던 남편을 원망하기보다는 무사함을 기원하고 있는 아낙네다.

모탕에 기댔던 노파도 자세를 바로 하고 질그릇, 즉 정화수(井華水)에 대고 아낙네처럼 빌었다.

문득 노파가 흐느끼듯 중얼거렸다.

"아범아, 어멈은 네가 집을 떠난 다음날부터 이렇게 빌면서 십 년 세월을 보내고 있단다. 이 늙은 어미는 머지않아 죽을 것이라 괜찮으나… 이 가련한 어멈은 어찌할꼬. 어멈이 불쌍해서 어쩌누……."

빌고 있는 아낙네의 어깨가 격렬하게 떨렸다. 부귀공명을 누리겠다고 떠난 남편을 기다리는 십 년 세월 동안 정성껏 시어머니를 봉양하고 어린 세 자식을 키우느라 해보지 않은 막일이 없었던 그녀다.

"여보."

그때 두 여자의 등 뒤에서 가늘게 떨리는 조용한 남자의 목소리가 들렸다.

두 여자는 이끌리듯 고개를 돌렸다. 다음 순간 그녀들은 귀신을 본 듯한 표정을 지었다.

그녀들의 몇 걸음 앞에는 곽필이 장승처럼 우두커니 서서 눈물을 뚝뚝 흘리고 있었다.

두 여자는 꿈을 꾸듯 몽롱한 얼굴로 곽필을 올려다보았다. 그녀들은 눈앞에 벌어진 광경이 현실일 것이라고는 절대로 믿지 않았다.

현실에서는 결코 이런 일이 있을 수가 없었다. 십 년 동안 돌아오지 않던 아들이, 그리고 남편이 어찌하여 이 이른 아침에 그녀들 앞에 홀연히 나타났겠는가. 이날까지 그녀들 편이 아니었던 하늘과 운명이 어이해서 오늘만큼은 그녀들 편을 들어주겠는가.

"어머니… 소자 필입니다……."

곽필은 울먹이는 목소리로 겨우 입을 열면서 노파 앞에 엎드려 절을 올렸다.
"네가 정녕 필이더냐……?"
"그렇습니다, 어머니. 소자를 용서하십시오."
"이것은… 간밤 꿈을 계속 꾸고 있는 것이 아닌가……?"
"꿈이 아닙니다."
노파는 손을 뻗어 곽필의 얼굴을 어루만졌다. 그녀의 얼굴이 일그러지면서 비 오듯 눈물이 쏟아지더니 잠시 후에는 주름진 노안에 희미한 웃음이 피어났다.
"아범이 맞구나… 아범이 맞아… 네가 돌아왔구나……."
노파는 눈물범벅 얼굴에 우는지 웃는지 모를 표정을 지으며 아낙네를 돌아보았다.
"어멈아, 봐라. 내 꿈이 맞았다. 아범이 돌아왔잖느냐."
아낙네는 해쓱한 얼굴로 곽필에게서 시선을 떼지 못한 채 하염없이 눈물만 흘리고 있었다.
그녀는 어쩌면 이것이 꿈이 아닐지도 모른다고 무척이나 조심스럽게 생각하고 있었다.
아니, 꿈이라도 좋다. 남편의 모습을 이렇게 생생하게 볼 수 있다니, 꿈인들 어떠랴.
노파가 곽필의 손을 잡고 무릎걸음으로 아낙네에게 이끌면서 흐득흐득 울었다.
"아범아, 어멈을 안아줘라. 너는 죽을 때까지 어멈을 안아

주고 업어줘도 죄인이다. 어멈 덕분에 나도… 아이들도 이날까지 배곯지 않고 살았다. 아범아, 무엇 하느냐? 어서 어멈을 안아줘라. 어멈은… 어멈은……."

곽필은 부들부들 떨리는 두 손으로 창백한 아낙네의 뺨을 감싸고 한동안 그 얼굴을 들여다보다가 가만히 자신의 품속에 안았다.

그리고는 뼈만 앙상하게 남은 그녀의 등과 어깨를 쓰다듬었다. 죄 많은 십 년 세월을 용서받으려는 듯, 또한 그토록 그리웠던 아내의 몸을 자신의 몸속에 우겨 넣으려는 듯 결사적으로 안고 울었다.

아낙네는 곽필의 듬직한 품속에서 죽은 듯이 움직이지 않았다. 다만 여윈 몸만 겨울바람에 흔들리는 풀잎처럼 가녀리게 떨고 있을 뿐이었다.

그러다가 어느 한순간 그녀는 와악! 하고 울음을 터뜨리며 곽필의 품속에서 몸부림을 쳤다.

십 년 동안 한마디 불평도 하지 않았던 아내의 몸부림은, 그래서 더욱 처절하고 격렬했다.

울음소리에 잠에서 깨어 밖으로 나온 세 아이까지 일일이 안고 보듬으면서 회포를 풀고 있던 곽필이 독고풍을 생각해 낸 것은 그로부터 일각 후다.

"이… 이런 황망한 일이……."

그가 굴러 엎어질 듯이 집 앞 사립문으로 달려가자 가족은 어리둥절한 얼굴로 뒤를 따랐다.

사립문을 막 뛰어나가려던 곽필은 언제 나타났는지 자신의 앞을 가로막은 채 철탑처럼 우뚝 서 있는 강조와 하마터면 충돌할 뻔했다.

강조가 무적금위대의 실질적인 대주라는 사실을 잘 알고 있는 곽필은 당황한 얼굴로 두리번거리면서 물었다.

"바… 방주께선 어디에 계십니까?"

강조가 예의 무미건조한 목소리로 입을 열었다.

"주군의 명을 전하겠다."

그 말에 곽필은 고꾸라지듯이 그 자리에 부족하여 납작 엎드렸다.

뒤따라 나온 그의 아내와 노모는 영문도 모른 채 남편 뒤에 엎드렸고, 세 아이도 덩달아서 엎드렸다.

강조의 말이 곽필 가족의 부복한 몸 위로 떨어졌다.

"곽필은 지금부터 한 달간 휴가다. 한 달 후 가족 모두를 데리고 낙양 주군의 본가로 올 것. 그때부터 주군의 본가가 너의 집이 될 것이다. 이상."

"……."

곽필은 대경실색하여 고개를 들었으나 강조의 모습은 어디에도 보이지 않았다.

대신 그가 서 있던 자리에는 하나의 붉은색 작은 철궤가 놓여 있었다.

 곽필이 놀란 얼굴로 철궤를 열자 그 안에는 누런빛을 발하는 금원보 다섯 개가 들어 있었다.

 "아아… 주군……."

 그 말뿐, 그는 차마 말을 잇지 못했다. 그 대신 독고풍이 갔을 것이라고 짐작하는 무창 방향을 향해 절을 올린 채 몸을 떨면서 오랫동안 꼼짝도 하지 않았다.

* * *

 녹천대련 진무련 제팔단 휘하 다섯 개 주(舟)는 임상(臨湘), 함녕(咸寧), 숭양(崇陽), 가어, 감리(監利) 등 다섯 개 현을 약탈하고 다음날 새벽 묘시(卯時:아침 6시)까지 한천현(漢川縣) 부근 한수 강기슭에서 집합하기로 했었다.

 그런데 일, 이, 삼, 오, 네 개 주가 모였으나 제사주가 끝내 돌아오지 않았다.

 녹천대련의 전 조직은 각자 하나씩의 소규모 탐색조(探索組)를 거느리고 있었다.

 탐색조의 임무는 조직과 일정한 거리를 두고 그들을 감시, 관찰, 정탐하는 것이다.

 그렇게 해서 자신의 조직에 무슨 일이 생겼는지 반나절 주기로 상급 조직에 보고를 한다.

즉, 녹천대련 최하부 조직인 일 개 주는 열 명으로 이루어진 하나의 탐색조를 갖고 있으며, 주의 동향을 반나절마다 상급 조직인 '단'에 보고를 하는 것이다.

제팔단주(第八壇主)는 자신의 휘하 다섯 개 주 중에서 사주가 돌아오지 못한다는 사실을 집합 시각인 묘시보다 두 시진 앞서 알게 되었다.

사주의 탐색조가 집합 시각 전에 돌아와서 사주가 전멸했음을 보고했기 때문이다.

또한 탐색조는 사주를 전멸시킨 일단의 무리가 무창으로 향하고 있다는 사실도 덧붙여 보고했다.

　　　　　＊　　　＊　　　＊

흑뢰를 타고 한수 강둑 위를 천천히 가고 있는 독고풍과 적멸가인은 한가롭게 유람을 나온 듯한 모습이었다. 아니, 두 사람은 정말 유람을 하고 있었다.

"저기가 좋겠군요."

마상에서 독고풍 품에 안기듯 비스듬히 누워 있던 적멸가인이 가리킨 손가락 끝 방향에는 강가 절벽 위에 있는 한 채의 고아한 정자가 있었다.

"저곳에서 아침을 먹자."

두 사람이 정자에 당도하자 그곳 바닥에는 깨끗한 비단보가 깔렸고 그 위에 요리와 술이 차려져 있었다.

종류가 많지는 않았으나 정갈하고 맛깔스러운 요리와 고급의 술이었다.

조금 전에 독고풍이 한 말을 듣고 무적금위대가 준비해 놓은 아침상이다.

두 사람은 정자 바닥에 마주 앉아 식사를 시작했다.

"풍 랑."

적멸가인이 넘치도록 술을 따라 올리며 빨간 입술을 열었다. 예전에는 얼음처럼 차갑던 그녀의 목소리가 지금은 뼈가 녹을 듯이 간드러진 옥음으로 변했다.

"정말 행복해요."

독고풍은 빙그레 미소만 지었다.

"당신도 행복한가요?"

그녀가 고기 한 점을 독고풍 입안에 넣어주며 고혹하게 묻자 그는 우물우물 씹으면서 반문했다.

"행복이 뭔데?"

그러고 보니까 그는 행복이 무엇인지 한 번도 진지하게 생각해 본 적이 없었다.

"지금 소녀가 느끼고 있는 것이에요. 당신을 만난 이후 소녀는 마치 불교에서 말하는 바라밀다(波羅蜜多)를 경험한 것만 같아요."

"그건 또 뭐야?"

독고풍은 술맛을 음미하면서 조금도 귀찮아하지 않으며 물었다.

"생로병사(生老病死)의 인세를 벗어나 일체의 번뇌와 고통이 없는 피안(彼岸)의 세계로 건너가는 것을 뜻해요."

독고풍은 설명을 하느라 오물거리는 적멸가인의 입술이 귀여운 듯 손을 뻗어 입술을 쓰다듬었다.

그러자 적멸가인은 눈을 사르르 감고 빨갛고 촉촉한 혀를 내밀어 그의 손가락을 살짝 핥고는 다시 말을 이었다.

"풍 랑이 계신 곳이 곧 소녀의 피안인 것 같아요. 왜냐하면 소녀는 풍 랑과 함께 있으면 언제나 더할 수 없는 행복을 느끼거든요."

"행복이라……."

독고풍은 술잔을 굽어보며 중얼거렸다.

"나는 중원에 나온 이후 딱 두 번 기분이 무척 나빴었어. 난연장에서 요마낭이 쓰러졌을 때하고 당하에서 팔혼낭차들과 싸움을 할 때였지."

적멸가인은 고즈넉이 고개를 끄덕였다.

"그때를 빼고는 늘 좋았어. 물론 지금도 좋고. 이런 것을 행복이라고 하는 것인가?"

그것은 독고풍의 성격이 낙천적이기 때문일 것이라고 적멸가인은 생각했다.

또한 아직 그에게 행복에 대해서 묻거나 설명하는 것은 이르다는 판단을 했다.

 현재의 그는 커다랗고도 복잡한 감정의 세계를 하나씩 구별할 능력이 없는 것 같았다.

 "그런데… 아까 가어현 객점에서 녹천대련 주령이라는 놈을 심문하고 나서 무슨 생각을 그렇게 골똘하게 하셨어요?"

 "음, 그거?"

 적멸가인은 독고풍의 두뇌가 보통 사람에 비해서 매우 비상하다는 사실을 알고 있었다.

 그렇기 때문에 정협맹에서 그 같은 놀라운 계책을 발휘할 수 있었던 것이다.

 그녀는 육체뿐만이 아니라 생각까지도 독고풍과 공유하고 싶었다. 아니, 할 수만 있다면 자신과 그의 모든 것을 하나로 합일시키고 싶은 욕심이었다.

 "녹천대련이라는 놈들, 수가 엄청나더군."

 "그래 봐야 오합지졸들이에요."

 적멸가인은 얘기할 가치도 없다는 듯 말했다.

 "아냐. 녹천대련의 우두머리인 녹천신왕이라는 작자가 무슨 꿍꿍이수작을 부리는 것 같다는 생각이 들었어."

 "꿍꿍이수작이라고요?"

 "응. 요백 할멈 말을 듣자니, 일전에 녹천신왕이 천하의 녹채박림을 일통하고 나서 녹림도 무림의 한 축이라고 선언했다면서?"

"그렇다는군요."

독고풍은 적멸가인의 입가에 흐릿한 조소가 떠오르는 것을 봤지만 무시하고 말을 이었다.

"아까 보니까 녹천대련의 최말단인 일개 '주'의 녹림 무리가 무림의 이류 정도 수준이었어. 너는 그들이 예전에 비해서 두세 배 이상 강해진 것 같다고 말했었지?"

"네."

독고풍은 술을 마신 후 빈 잔을 적멸가인에게 주지 않고 손으로 만지작거렸다.

"계산해 보니까 녹천대련 전체는 팔련, 팔십팔단, 사백사십주, 그리고 총인원 팔만 이천사백 명으로 이루어졌더군."

적멸가인도 처음 녹천대련에 대해서 들었을 때 그런 계산을 했었지만, 막상 독고풍의 입으로 정확한 숫자를 듣자 굉장히 많은 인원이라는 생각이 들었다. 그러나 그들이 오합지졸이라는 생각이 바뀔 정도는 아니다.

"녹천대련이 생긴 지 얼마나 됐지?"

"한 반년 남짓 됐을 거예요."

"그렇다면 반년 만에 오합지졸 녹림 무리를 이류 수준으로 만들었다는 것이로군."

적멸가인은 정확하게는 알 수 없지만 뭔가 불길한 느낌이 가슴을 답답하게 만드는 것을 느꼈다. 독고풍이 빈 잔을 바닥에 내려놓았는데도 술을 따르지 않고 있는 것이 그것을 입증

했다.

쪼르르……

독고풍이 스스로 술을 따르자 그제야 적멸가인은 가볍게 놀라 그의 손에서 술 호로병을 빼앗아 자신이 따랐다.

"앞으로 다시 반년이 지나면 그들은 지금보다 또 두세 배 더 강해지겠군."

그제야 적멸가인은 독고풍이 무슨 말을 하려는 것인지 조금쯤 알 것 같았다.

그는 녹천대련이 점점 강해지고 있다는 사실을 말하고 싶은 듯했다.

"하지만 풍 랑."

적멸가인은 그의 불필요한 염려를 덜어주고 싶었다.

"무술을 조금 알고 있는 오합지졸이 삼류, 혹은 이류 수준이 되는 것은 그리 어렵지 않은 일이에요."

무공을 익히는 일은 높은 산에 오르는 것에 종종 비유된다.

아무리 험하고 높은 산이라고 해도 처음에 완만한 경사를 오를 때에는 그다지 어렵지 않다.

산행이 어려운 것은 경사가 가파르고 곳곳에 위험이 산재한 중턱부터다.

중턱까지를 이류 수준이라고 한다면, 중턱을 올라서면 일류고수가 되는 것이고, 그보다 훨씬 험준한 산봉을 기어올라 정상에 서면 비로소 절정고수가 됐다고 할 수 있다.

독고풍은 천천히 술을 마시면서 그녀의 말에 귀를 기울였다. 그의 그런 모습 역시 얼마 전까지만 해도 흔하지 않은 모습이었다.

그는 남의 말을 경청하는 대신 자신의 주장을 큰 소리로 내세우는 성격이었다.

"하지만 이류가 일류고수로 진전하는 일은 결코 쉽지 않아요. 물론 녹천대련 졸개들 중에서 일류고수로 발전하는 자들도 있겠지요. 하지만 그 수는 그리 많지 않을 거예요."

"얼마나 일류고수가 될까?"

"글쎄요. 모르긴 해도 일 할 정도만이 간신히 일류고수 수준이 되겠지요."

"녹천대련 전체가 몇 명이라고 했지?"

"팔만 이천 명이요."

"그중에 일 할이면?"

"팔천이백……."

적멸가인은 대답하다가 말끝을 흐렸다.

녹천대련의 수하가 아무리 많아봐야 오합지졸이며 이류에서 일류가 되는 것이 쉬운 일이 아니라고만 생각했던 그녀로선 일 할이 팔천이백이나 된다는 것에 충격을 받았다.

진명유림의 최강 세력인 정협맹이 정협삼단 삼천 명, 팔룡전대 팔천 명, 도합 일만 천 명의 고수를 거느리고 있다.

그중에 정협삼단의 정영고수는 일류고수의 상급에 속하

고, 팔룡전대의 정협고수는 일류고수 중급에 속한다.

　녹천대련이 반년 후에 팔천 명의 일류고수들을 보유하게 된다면, 정협맹까지는 아니더라도 대동협맹 정도는 가볍게 능가하는 거대 세력이 탄생하게 되는 것이다.

　더구나 팔천 명의 일류고수는 적멸가인이 최소 가능성으로 추산한 수다. 팔만 명 중에 이 할이 일류고수로 성장한다면, 그 수는 무려 일만 육천 명이 되고, 삼 할이면 이만 사천 명이 되는 것이다.

　그 외에도 변수는 얼마든지 있다. 녹천대련의 팔방무련 각각은 삼백 명으로 구성된 상급 단을 하나씩 거느리고 있으며, 그들은 모두 일류고수라고 했으니 그들의 수만도 이천사백여 명이다.

　총련주 녹천신왕 직속인 녹천군림세의 천 명도 일류고수다. 그들을 포함하면 무려 삼천사백 명이 된다.

　그뿐이 아니다. 각 련주는 오백 명씩의 직속 수하, 즉 비살대를 거느리는데 팔방무련을 합하면 사천 명이고, 그렇게 해서 녹천대련 전체 일류고수의 수를 합하면 자그마치 칠천사백여 명이다.

　오합지졸이었던 녹림 무리가 반년 만에 이류 수준이 되고, 그중에 일 할, 혹은 이 할이 다시 반년 후에 일류고수가 될지도 모르는 판국이다.

　그렇다면 현재 녹천대련의 일류고수로 분류되는 칠천사백

여 명은 가만히 놀고만 있겠는가.

　일류고수 하급이 중급이 될 것이고, 중급이 상급으로 발전할 것이며, 상급 중에서 소수가 절정고수의 반열에 오르지 말라는 법은 없다.

　그렇게 생각하면, 현재의 녹천신왕과 팔방무련의 련주들 수준은 과연 어느 정도일 것인가.

　거기까지 생각하던 적멸가인은 적잖이 놀라는 얼굴로 독고풍을 바라보았다.

　그녀가 놀라는 이유는 두 가지다. 하나는 감추어져 있던 녹천대련의 무서움에 대해서이고, 또 하나는 그런 사실들을 독고풍은 이미 가어현의 객점에서 계산하고 있었을 것이라는 추측 때문이었다.

　그녀가 짐작하기 어려운 것은 독고풍의 무공 수준만이 아니었다. 그의 두뇌는 무공 수준보다 더 헤아리기가 어려웠다.

　어쨌든, 현재 녹천대련이 보유하고 있는 일류고수의 수가 칠천사백여 명이고, 반년 후에는 최소 일만 오천여 명에 육박할 것이라는 사실은 굉장한 충격이었다.

　"녹천신왕이 녹림도 중원무림의 한 축계라고 떠들어댄 것이 허풍은 아니라는 뜻이지?"

　"그렇군요."

　독고풍의 중얼거림에 적멸가인은 가만히 고개를 끄덕였

다. 그녀는 더 이상 녹천대련에 대해서 비웃을 수가 없었다. 아니, 오히려 그녀의 얼굴이 어두워졌다.

지금 독고풍은 무적방과 정협맹, 대동협맹이 연합하여 정예고수들을 선발, 서장의 대천신등을 급습할 원대한 계획을 진행하고 있는 중이었다.

만약 그 계획이 실행되면 중원무림은 무인지경이 돼버리고 말 것이다.

비록 중원삼십육태두나 각 지역의 패자들이 있기는 하지만 무적방이나 정협맹, 대동협맹의 빈자리를 대신하기에는 역부족일 터이다.

그런 상황에서 녹천대련이 저절로 중원 최대 세력으로 부상하게 되는 것은 지극히 당연한 일이다.

그렇게 되면 녹천대련은 무림의 한 축이 되려는 것에서 한 발 더 나아가 아예 무림을 집어삼키려 들 것이다.

그것은 설마가 아니라 정해진 수순이었다. 정파라고 자부하는 인물들도 스스로의 욕심을 주체하지 못하는 판국에, 녹림의 무리인 녹천대련이 아무 짓도 하지 않는다는 것은 말도 되지 않는다.

문득 적멸가인은 독고풍이 느긋하게 술을 마시고 있는 모습을 발견하고 퍼뜩 어떤 생각이 떠올랐다.

'혹시 풍 랑은 이미 녹천대련에 대해서 나름대로 계획을 세워둔 것이 아닐까?'

그러면서 그녀는 독고풍이 가어현 포구의 객점에서 녹천대련 제사주의 주령을 심문한 후에 반 시진 넘게 긴 생각에 잠겨 있었던 일을 떠올렸다.

第九十三章
하늘을 울리는 정성

무적금위대는 수백 명의 고수가 사방에서 접근해 오는 것을 감지했다.

"냉운월, 강 쪽을 맡아라."

강조의 전음에 냉운월은 즉시 자미룡과 여덟 명의 무적금위사를 이끌고 나는 듯이 한수 강가로 쏘아갔다.

무적금위대주는 적멸가인이지만 지금 그녀는 정자에서 독고풍과 식사 중이다.

침입자가 있다는 사실을 독고풍과 적멸가인이 모르고 있을 리가 없다.

두 사람이 아무런 명령을 하지 않는 것은 무적금위대가 알아서 처리하라는 뜻이다.
 지금 같은 경우에는 강조와 냉운월이 우두머리 노릇을 한다.
 무공으로는 강조와 자미룡이 제일 높지만, 자미룡은 지도력이 약하고 다소 감정적이다.
 감정에 휘둘리는 성격은 지휘자로서는 부적합하다. 그것을 그녀 자신도 알고 있으므로 굳이 전면에 나서지 않는다.
 대신 냉운월은 결단력과 판단력이 뛰어나며 자미룡을 다스릴 수 있다는 강점이 있다.
 무적방 내에서 자미룡을 제어할 수 있는 사람은 독고풍과 은예상, 냉운월 세 사람뿐이었다.
 강조는 기개세, 석중명, 마랑도, 귀혈창랑, 잔혈도 등 아홉 명을 이끌고 벼랑 쪽을 제외한 정자 주변 십방(十方) 칠팔 장 거리에 위치를 잡았다.
 강조가 힐끗 벼랑 아래로 시선을 던지자 냉운월과 자미룡, 보필 형제 등의 무적금위사들이 강을 향해 강변에 일렬로 죽 늘어서 있는 것이 보였다.
 "온다."
 강조는 자신이 지휘하고 있는 아홉 명에게 짧고 나직한 전음을 보냈다.
 그러나 그가 굳이 알려주지 않더라도 벼랑을 제외한 전체 방향에서 수백 명이 몰려오고 있는 소리를 모두들 감지하고 있었다.

강조의 말은 단지 실수하지 말라는 주의였을 뿐이다.

정자가 있는 벼랑 꼭대기는 폭 칠 장여의 둥그런 공터고, 그 끝에서부터 울창한 숲이 펼쳐져 있다.

공격해 오는 자들은 숲 속 여러 방향에서 쏘아오고 있었고, 강조를 비롯한 열 명은 공터와 숲의 경계 지역 열 방향에 철탑처럼 우뚝 선 채 기다리고 있었다.

숲 속에서는 나뭇가지나 풀잎이 흔들리는 소리가 일체 나지 않았고, 강에는 사람의 그림자조차 보이지 않았다.

지금은 해가 산등성이를 벗어나 강 위로 이동하고 있는 늦은 아침나절인 사시(巳時:아침 10시) 무렵이다.

숲에는 바람 한 점 없고, 강에는 잔물결조차 일렁이지 않았다. 마치 삼라만상이 운행을 잠시 멈춘 듯한 적막이 정자를 중심으로 고요하게 흘렀다.

이십 명의 무적금위사는 미동도 하지 않고 얼굴은 무심하기 그지없다.

그러나 냉운월과 자미룡을 비롯한 무적금위사 열 명의 시선은 강물에 고정되어 있는 상태였다.

일체의 소리나 흔적없이 물속에서 수백 개의 인영이 커다란 물고기처럼 강가를 향해 빠른 속도로 다가오고 있는 것이 보였다. 그리고 그들의 손에는 한결같이 무기가 쥐어져 있었다.

촤아앗!

한순간 강가 얕은 곳에 다다른 수백 개의 인영이 일제히 수면 위로 비스듬히 솟구쳐 오르며 냉운월과 무적금위사들을 향해 덮쳐 왔다.

물에 흠뻑 젖은 그들의 몸과 손에 쥐어져 있는 도검이 햇빛을 받아 섬뜩하게 번뜩였다.

같은 순간 벼랑 위의 정자 주변 숲 속에서도 수백 개의 인영이 도검을 번뜩이며 공터로 튀어나왔다.

그들은 녹천대련 진무련 휘하 팔단의 녹림고수들이었다.

움직일 때는 일체의 흔적없이, 공격할 때에는 화산이 폭발하듯 거센 그들을 결코 녹림 무리라고 폄하할 수는 없었다.

공격하는 녹천대련 고수, 즉 녹천고수(綠天高手)들의 수는 무려 팔백여 명.

당하대혈전 당시에 대천신등의 팔혼낭차들에게 뼈아픈 교훈을 얻은 무적금위대는 결코 방심하지 않고 공격해 오는 녹천고수들을 전력을 다해서 마주쳐 나갔다.

그러나 최초의 격돌에서 쌍방의 우열이 분명하게 드러났다.

팔백여 녹천고수의 기세는 대단했으나 결코 무적금위대의 상대가 되지는 못했다.

무적금위대의 싸움이 늘 그렇듯이 이 싸움에서도 무기끼리 부딪치는 일은 일어나지 않았다.

녹천고수들은 강 쪽에서 사백 명, 숲에서 사백 명이 공격해 왔으나 열 명씩의 무적금위사를 뚫지 못했다.

"흐윽!"

"끅!"

처절한 비명 소리도 터지지 않았다. 그저 급소에 일격을 당한 듯 답답한 신음성이 끊이지 않고 계속 터질 뿐이다.

녹천고수들은 대규모 싸움에 경험이 풍부한 듯 일사불란한 공격을 펼쳤으나 무적금위대에게는 통하지 않았다.

당하대혈전의 팔혼낭차들이 일류고수 중급이나 상급이었던 데 비해서 녹천고수들은 이류 수준이라서 싸움 자체가 이루어지지 않았다.

그저 일방적인 도륙일 뿐이다. 불과 열 호흡쯤 지났을 뿐인데 녹천고수들은 벌써 백여 명을 잃었다.

독고풍은 싸움이 벌어지고 있다는 사실을 아예 모르는 듯 술잔을 들어 입으로 가져갔다.

"정아, 저들이 반년 후에도 저렇게 맥을 못 출까?"

독고풍이 벼랑 아래를 굽어보면서 말했다. 그는 녹천고수들의 복장이 가어현에서의 녹림 무리와 같은 것을 보고 이들도 녹천대련의 수하라고 짐작했다.

역시 같은 짐작을 한 적멸가인이 씁쓸한 표정을 지었다.

"무적금위대가 지금은 최소한 반 시진 이내로 저들을 전멸시킬 수 있겠지만, 반년 후에는 아마 반나절 이상 걸릴 것 같군요. 또한 내 수하들 중에서 다치거나 죽는 사람도 몇 명 나오겠지요."

이류 수준인 녹천고수가 반년 후에 일류고수나 그에 버금가는 고수가 될 동안 무적금위대는 노력하지 않고 잠을 자고 있는 것은 아니다.

하지만 이미 평균적으로 일류고수 상급 수준을 훨씬 뛰어넘은 무적금위대의 진전은 더딜 수밖에 없다. 그들은 산의 중턱 위를 오르고 있는 중이기 때문이다.

무적금위대 이십 명은 각자의 무공 차이가 매우 크다. 백팔십 년과 백육십 년 공력을 지닌 자미룡과 강조는 절정고수의 초기 단계에 들어서 있다.

무적금위대에서 가장 약한 귀혈창랑과 잔혈부, 석중명 등은 현재 팔십 년에서 백 년 사이의 공력으로 일류고수 상급에 속하는 수준이다.

"어쩌죠? 대천신등을 상대하기 전에 녹천대련부터 손봐둬야 하는 것 아닌가요?"

독고풍은 고개를 끄덕였다.

"그래야겠지. 그렇게 하지 않으면 죽 쒀서 개 주는 꼴이 될 테니까."

중원무림이 죽이 되고 녹천대련이 개가 되고 있다.

한 가지 계책이 생각난 적멸가인이 눈을 빛냈다.

"그럼 차도살인지계를 사용하는 것이 어떻겠어요?"

"쉬운 말로 해라."

"정협맹과 대동협맹을 부추겨서 녹천대련을 치게 하는 거예요. 물론 우린 구경만 하는 거죠."

"좋은 생각이로군."

독고풍이 고개를 끄덕이자 적멸가인은 기쁜 표정을 지었다. 그에게 인정을 받는 것이 이렇게 기쁜 줄 몰랐었다.

"하지만 그렇게 하면 정협맹과 대동협맹도 피해를 입게 될 거야. 그럼 대천신등을 치러 가는 것에 문제가 생기겠지."

"아……."

미처 거기까지 생각하지 못했던 적멸가인은 자신의 어리석음을 꾸짖었다.

그러면서 독고풍이 벌써 그것까지 생각했다는 사실에 다시 한 번 놀랐다. 그는 '생각'이라는 것의 묘미를 터득하고 있는 것이 분명했다.

"그렇다면 다른 방법을 써야지."

중얼거리면서 독고풍이 술잔을 손에 쥔 채 일어섰고, 적멸가인도 따라 일어섰다.

"멈춰라."

이어서 그는 천천히 주위를 둘러보며 나직한 목소리로 입을 열었다.

그러나 적멸가인을 제외한 모든 사람들에겐 천둥소리처럼 크게 들렸다.

공력이 약한 녹천고수들의 절반 이상은 기혈이 들끓는 바람에 쓰러질 듯이 비틀거렸으며, 나머지 절반도 고통스러운 표정으로 오만상을 찌푸렸다.

그런 상황에서 무적금위대가 일제히 뒤로 삼 장 물러나자 싸움은 자연히 중단됐다.

무적금위대는 언제라도 녹천고수들을 공격할 태세로 우뚝 서 있고, 녹천고수들은 무적금위대를 경계하면서 방금 전의 천둥소리가 어디에서 들려왔는지 몰라 두리번거렸다.

"너희들 우두머리가 누구냐?"

그때 다시 목소리가 들렸으나 방금 전처럼 천둥소리는 아니고 단지 쩌렁쩌렁했다.

정자 근처에서 강조 등을 공격하는 녹천고수 속에 섞여 있던 팔단주가 독고풍에게서 시선을 떼지 않은 채 천천히 앞으로 두 걸음 나섰다.

그는 공격을 시작하자마자 자신의 팔백여 수하가 상대의 옷자락조차 건드리지 못하고, 오히려 무더기로 죽어가는 광경을 똑똑히 목격했다.

휘하에 천여 명의 수하를 거느리는 단주쯤 되는 인물이면 누구보다도 판단력과 분별력이 뛰어나야 한다.

그런 그가 봤을 때 이 싸움은 해보나마나 패한다. 길어야 반 시진 안에 자신을 포함한 수하들 전체가 몰살당할 것이 불을 보듯이 뻔했다.

정자에 있는 흑의청년이 싸움을 멈추지 않았더라도 조만간 팔단주 자신이 수하들에게 도주를 명령했을 것이다. 그만큼 상황이 최악이었다.

흑의청년이 누구든지 간에, 일단 싸움을 멈추게 한 것은 다행한 일이다.

지금이라도 팔단주 자신이 도주 명령을 내리기만 하면 수하들이 산지사방으로 뿔뿔이 흩어져서 도주할 것이다.

흑의청년과 그의 수하들이 제아무리 날고 기는 재주가 있더라도 불과 이십이 명만으로는 칠백여 명을 한꺼번에 뒤쫓지는 못할 것이다.

그러므로 일단 흑의청년이 뭐라고 지껄이는지 들어보는 것도 나쁘지 않다. 최소한 놈의 정체가 무엇인지 정도는 알 수 있지 않겠는가.

독고풍은 길게 말하고 싶지 않았다. 다만 이 무의미한 싸움과 살육은 이쯤에서 그만두고 싶을 뿐이었다. 그래서 거두절미하고 본론으로 들어갔다.

"나는 대마종이다."

그의 말은 나직했으나 팔단주를 비롯한 녹천고수 모두가 듣기에 충분히 또렷했다.

다음 순간 팔단주 얼굴의 표정 변화가 정말 볼만했다.

처음에는 무슨 헛소리냐는 듯한 표정이더니, 다음 순간에는 무림에 떠돌고 있는 어떤 굉장한 소문들이 한꺼번에 뇌리를 스치면서 설마? 하는 얼굴이 되었고, 마지막으로 그 소문의 주인공이 정자에 있는 흑의청년과 정확하게 일치한다는 생각에 얼굴 가득 혼비백산한 표정이 떠올랐다.

'대마종……'

건드려도 정말 크게 잘못 건드렸다. 서늘한 바람이 팔단주의 심장 한복판을 뚫고 지나갔다.

휘하의 제사주가 몰살당한 것에 대한 복수를 한다는 것이, 하마터면 팔단 전체가 몰살될 뻔했으며, 지금 이 순간에도 까딱 실수라도 하는 날이면 모든 것이 끝장이다.

지금으로선 흑의청년, 아니, 대마종의 처분만을 바랄 수밖에 없는 처지다. 그러므로 목숨이라도 부지하려면 최대한 공손해야만 할 것이다.

팔단주는 독고풍을 향해 포권을 하고 가볍게 허리를 굽히면서 정중한 어조로 입을 열었다.

"불초는 녹천대련 진무련 휘하 제팔단의 단주외다."

자신이 평범한 녹림 무리가 아니라 녹천대련 소속이라는 사실을 밝힘으로써, 함부로 건드려서는 안 될 것이라는 경고의 의미도 조금 담겨 있었다.

독고풍은 손에 쥐고 있던 술잔을 들어 마시고 나서 적멸가인에게 내밀었다.

적멸가인은 술 호로병을 들고 일어났기 때문에 두 손으로 공손히 술을 따랐다.

팔단주는 다음 말을 하려다가 적멸가인의 얼굴에 시선이 고정되며 그 자리에서 얼어붙어 버렸다.

'저… 적멸가인!'

중원무림의 사독요마나 녹림 무리에게 적멸가인은 사신(死神)이나 다름없는 존재다. 그러므로 팔단주가 그녀를 못 알아볼 리 만무하고, 아랫도리에 오줌을 지릴 만큼 놀라는 것은 당연했다.

그는 눈앞에서 벌어지고 있는 광경을 눈으로 보고 있으면서도 믿을 수 없다는 표정을 지었다.

사신 적멸가인이 대마종에게 두 손으로 공손히 술을 따르고 있으며, 그것으로도 모자라서 생글생글 웃으면서 온갖 교태를 다 부리고 있지 않은가.

'우라질! 내가 지금 꿈을 꾸고 있는 게 분명해! 어젯밤에 이것저것 술을 섞어서 마셨더니 꿈 한번 더럽게 꾸는군!'

그는 가어현을 약탈하러 간 제사주의 전멸이나 눈앞에 나란히 서 있는 대마종, 적멸가인 등이 모두 꿈일 가능성이 높다고 생각했다.

이런 최악의 상황이 한꺼번에 한자리에서 벌어질 확률이 전무하다고 믿기 때문이다.

그는 세차게 고개를 흔들면서 빨리 악몽에서 깨어나기를 간절히 빌었다.

하지만 그가 정자를 보자 그곳에는 여전히 대마종과 적멸가인이 서 있었다. 그제야 이것은 꿈이 아니라 현실일지도 모른다는 불길함이 스멀거렸다.

대마종 정도의 거물이라면 하찮은 녹림 무리를 구태여 죽이려 하지 않을 것이다.

하지만 악을 원수처럼 여기는 적멸가인은 다르다. 그녀에게 걸리면 무조건 죽었다고 생각해야만 한다.

팔단주가 이 난국을 어떻게 헤쳐 나갈지에 대해서 부심하고 있을 때, 그의 고민을 한순간에 날려 버리는 대마종의 말이 들려왔다.

"팔단주, 너희를 살려줄 테니 녹천신왕에게 가서 내 말을 전해라."

'살… 려줘?'

팔단주 얼굴에 또다시 불신의 표정이 가득 떠올랐다.

"한 번 만나자고 해라."

'만나?'

"이제 너희는 가도 좋다."

독고풍은 가라고 손짓을 하고는 천천히 정자에서 내려왔다.

이어서 흑뢰에 적멸가인을 안아서 태우고는 자신은 그 뒤에 올라탔다.

팔단주는 잔뜩 긴장한 표정을 지으며 독고풍과 적멸가인을 쳐다보면서 굽죄는 목소리로 물었다.

"귀하가 총련주를 만나겠다는 것이오?"
"그렇다."
독고풍은 말고삐를 잡고 방향을 틀면서 대답했다.
"하면, 총련주께서 만나시겠다고 하면 그 사실을 어떤 방법으로 귀하에게 전하면 되오?"
"어느 곳이든 가장 큰 기루에 찾아가서 루주에게 전해라."
천하 어디든 기루가 있고, 그곳의 가장 큰 기루는 두말할 것도 없이 무적방 요마군 휘하다.
다각… 다각…….
이어서 독고풍은 흑뢰를 몰아 천천히 벼랑 아래쪽으로 난 구불구불한 오솔길로 향했다.
휘익! 휙! 휙!
순간 팔단주와 녹천고수들 앞에 서 있던 강조를 비롯한 열 명의 무적금위사가 일제히 허공으로 비스듬히 솟구치더니 순식간에 숲 속으로 사라졌다.
뒤이어 강가에서 솟구친 냉운월과 자미룡 등 열 명도 벼랑 위로 솟구쳐 올랐다가 숲 속으로 자취를 감추었다.
팔단주는 멀거니 서서 눈을 껌뻑거렸다. 대마종도 적멸가인도, 그리고 자신들을 무차별 살육하던 절정고수들도 모두 사라져 버렸다.
그는 여태까지 자신이 겪은 일이 꿈이 아닌 현실이라는 확증이 필요했다.

"날 한 대 쳐라."

그의 뜬금없는 말에 옆에 서 있던 수하가 즉시 주먹을 날렸다. 그 역시 지금 상황을 현실이라고 받아들이기 위해서는 한 대 맞던가 누군가를 때려봐야만 하는 상황이었다.

뻑!

"억!"

수하의 주먹에 눈두덩을 강타당한 팔단주는 비명을 지르면서 손으로 눈을 감쌌다.

꿈이 아닌 것은 분명하다. 그러나 맞은 곳이 너무 아팠다.

"이 자식아! 누가 그렇게 세게 때리라고 했느냐?"

뻐걱!

"으악!"

팔단주의 주먹에 정통으로 적중당한 수하는 머리를 감싸 잡고 주저앉아 죽는다고 끙끙거렸다.

"요마군, 팔단주를 미행해라."

흑뢰를 몰아 강둑으로 올라선 독고풍이 나직이 중얼거렸다.

"존명."

그러자 우측의 숲 속에서 여자의 공손한 목소리가 들렸다.

독고풍 품에 안겨 있던 적멸가인은 깜짝 놀라서 상체를 일으켜 그를 돌아보았다.

"방금 그건 뭐였죠?"

"요마고수야."

"그건 아는데… 언제 부른 건가요?"

"안 불렀는데?"

"그럼 그녀가 어떻게 이곳에 있었던 거죠?"

"처음부터 따라왔으니까."

독고풍은 태연하게 대답했다.

적멸가인은 놀라서 아예 그를 향해 돌아앉아 마주 보았다.

"처음부터라뇨? 설마 낙양 본가를 출발할 때부터 요마고수가 우릴 따라왔다는 건가요?"

독고풍은 빙그레 미소 지었다.

"그래. 심부름을 시키려고 열 명 정도 데리고 왔지."

적멸가인은 어이없다는 표정을 지었다.

"그런데 어째서 소녀는 그 사실을 까맣게 모르고 있었던 거죠? 당신 혹시 소녀에게 숨기고 있는 것이 더 있나요?"

그녀는 아예 다리를 벌리고 독고풍의 허벅지에 마주 보고 걸터앉으며 따지듯이 물었다.

"없어."

독고풍은 고개를 가로저었다.

"분명한 거죠?"

"음… 아냐. 지금 하나 새로 생겼어."

"생기다니, 뭐죠?"

독고풍은 쑥스럽게 미소 지었다.
"네가 나한테 올라타는 바람에 그 녀석이 커졌어."
적멸가인은 어이없다는 듯 아래쪽을 쳐다보았다. 그러고 보니까 무엇인가 단단한 것이 그녀의 허벅지 깊은 곳을 찌르고 있는 것이 느껴졌다.
적멸가인은 얼굴이 빨개져서 독고풍을 흘겼다.
"당신 순……."
"순 뭐?"
적멸가인은 두 팔로 그의 목을 끌어안으면서 뺨을 비비며 코 먹은 소리를 냈다.
"멋있다고요. 흐응……."
흑뢰가 강둑을 벗어나 숲으로 들어가기 시작했다.
독고풍은 적멸가인의 치마를 넓게 펼쳐서 말 등을 거의 다 덮게 만들고는 본격적인 작업에 들어갔다.

"휴식한다."
강조가 열아홉 명 무적금위사에게 전음을 보냈다.
독고풍 백여 장 주변에 흩어져 은신한 채 이동하고 있던 무적금위사들은 일제히 정지했다.
자미룡은 나무에 기댄 채 칠팔 장 떨어진 곳에 우뚝 서 있는 흑뢰를 나무 사이로 쏘아보았다.
아니, 흑뢰가 아니라 그 위에 앉아 있는 독고풍과 적멸가인을 쏘아보는 것이다.

두 사람은 마주 앉아서 서로를 꼭 부둥켜안고 있고, 적멸가인의 긴치마가 두 사람의 하체와 말 잔등을 온통 가리고 있어서 무엇을 하고 있는지는 보이지 않았다.

그러나 두 사람의 표정과 격렬한 동작을 보고 그들이 무엇을 하는 중인지 모른다는 것은 말이 되지 않는다.

자미룡은 입술을 깨물면서 눈도 깜빡이지 않고 두 사람을 노려보았다.

얼마나 분하고 야속한지 그녀의 눈에 금세 눈물이 그렁그렁 고여들었다. 매일 밤마다 객점에서 그 짓이더니, 이젠 환한 대낮에 숲 속에서도 서슴지 않다니, 그녀는 온몸이 난도질당하고 그 상처에 왕소금이 잔뜩 뿌려지는 것보다 더 고통스러웠다.

슥.

그때 하나의 손이 그녀의 어깨에 얹혀졌다. 냉운월이다.

"진아, 운공조식이나 해둬라."

냉운월은 자미룡의 대답을 듣지도 않고 그녀의 팔을 잡고 숲 깊은 곳으로 조금 더 들어가 그곳에 그녀를 앉혔다.

그곳에서는 독고풍과 적멸가인이 보이지 않았다. 무엇이든 눈으로 보지 않으면 속이 덜 상하는 법이다.

자미룡은 애처로운 눈빛으로 냉운월을 빤히 올려다보더니 쓸쓸하게 한숨을 호로록 내쉬고는 눈을 감고 운공조식에 들어갔다.

냉운월은 씁쓸한 표정으로 그녀를 잠시 굽어보다가 몸을 돌려 그곳을 떠났다.

오륙 장쯤 걸어간 그녀는 주위를 두리번거리면서 누군가를 찾는 듯하더니 곧 한곳에서 시선이 멈추었다.

가까운 곳 나무 뒤에서 석중명이 모습을 드러내고 있었다.

냉운월은 그에게 다가가면서 묘한 미소를 지으며 한쪽 눈을 찡긋해 보였다.

석중명은 팔을 그녀의 가느다란 허리에 두르고 더 깊은 숲 속으로 이끌었다.

그러면서 허리에 둘렀던 그의 팔이 풀어져서 손바닥으로 슬슬 둔부를 쓰다듬었다.

*　　　*　　　*

"완성했어요, 어머니."
"그래. 성공했구나, 아가."

낙양 본가인 옥봉원(玉鳳院) 본채 전각 지하 밀실에서 두 여자가 기쁨의 탄성을 터뜨렸다.

이 지하 밀실은 은예상이 약실(藥室)로 사용하고 있는 곳이다. 실내 곳곳에는 약 조제에 필요한 기구들과 풍로, 온갖 종류의 약초, 약재 따위 잘 정돈되어 있으며 매캐한 약 냄새가

진동했다.

 은예상은 홍옥으로 만든 약사발을 조심스럽게 두 손으로 들고 있었는데, 그 안에는 엷고 투명한 붉은 액체가 반쯤 차서 김을 뿜어내고 있었다.

 그것은 요마낭을 소생시키려고 은예상이 지난 열흘 동안 심혈을 기울여서 조제한 약이다.

 당하대혈전이 끝나고 이곳 옥봉원으로 온 지 벌써 다섯 달이 지나고 있었다.

 그동안 은예상은 요마낭을 소생시킬 수 있는 약을 만들기 위해서 셀 수 없이 많은 시행착오를 거쳤다.

 원래 의술에 약간 조예가 있었던 은예상은 요마낭을 살리려고 본격적으로 의술을 파고들었다.

 수십 번 약을 만들어서 요마낭에게 먹였으나 번번이 실패했고 또 낙담했다.

 하지만 결코 포기하지 않았다. 나중에는 시어머니 단예소까지 발 벗고 나서 은예상을 도왔다.

 요마낭을 저대로 운명에 내맡긴 채 방치해 둘 수는 없는 노릇이었다. 수없이 절망하여 주저앉고 싶을 때마다 요마낭의 순진무구한 얼굴을 떠올리면서 자신을 채찍질했다.

 그래서 오늘 또 하나의 약을 만들었다. 이것이 몇 번째인지 기억조차 나지 않았다.

 그렇다고 해서 은예상은 무작정 닥치는 대로 약을 조제하는 것이 아니다.

 요마낭의 증세와 관련된 많은 의술서와 고서들을 탐독하여 효과가 있을 것으로 확신하는 것만 발췌, 심혈을 기울여서 약을 조제했다.

 단예소는 송알송알 땀방울이 맺혀 있는 은예상의 얼굴을 비단 손수건으로 부드럽게 닦아주며 위로했다.

 "아가, 너의 지극한 정성에 감복해서라도 둘째는 반드시 소생할 게다."

 "고마워요, 어머니."

 요마낭의 침실.

 단예소가 누워 있는 요마낭을 부축하여 상체를 일으킨 상태에서 은예상이 숟가락으로 약을 떠서 조심스럽게 입안으로 흘려 넣어주고 있다.

 두 사람 모두 천지신명께 기도하는 간절한 마음으로 약이 요마낭의 입속으로 흘러드는 것을 바라보았다.

 현재 요마낭의 모습은, 아니, 몰골은 실로 끔찍했다. 도저히 살아 있는 인간이라고 여겨지지 않는 목내이(木乃伊:미라)나 다름이 없는 상태다.

 살은 조금도 붙어 있지 않았다. 그저 뼈에 가죽만 붙어 있는, 그야말로 피골상접의 모습이다.

 혈색도 없고 윤기도 없다. 말하자면, 단지 썩지 않았을 뿐이지 시체나 다름이 없는 상태였다.

그녀 스스로 먹지도, 음식을 소화시키지도 못하고, 체내의 여러 장기들이 제 기능을 하지 못하기 때문이다.

그녀를 돌보는 하녀들이나 의원들 모두 그녀가 이미 죽었다고 생각하지만 입 밖에 내지는 않았다.

옥봉원 내에서 요마낭이 죽었다고 말하는 것은 금기 중에서도 금기이기 때문이다.

그러나 독고풍의 측근들은 요마낭이 살아 있는 것이라고 굳게 믿고 있었다.

왜냐하면, 그녀는 죽은 것이 아니라고 독고풍이 분명하게 말했기 때문이다.

은예상과 단예소는 마치 경건한 의식을 치르듯 옥 그릇에 반쯤 담긴 약을 반 시진에 걸쳐서 정성껏 다 먹였다.

이후 그녀들은 요마낭이 차도를 보이는지 확인하려고 다음날 아침까지 그 자리를 떠나지 않았다.

그러나 그녀들은 또다시 깊은 절망에 빠졌다. 아침까지도 요마낭에게서는 조금의 변화도 일어나지 않았기 때문이다.

탈진에 절망이 겹친 두 여자는 요마낭의 침상에 엎드려 혼절 같은 깊은 잠에 빠져들었다.

第九十四章
패배

 무창성을 이십여 리쯤 남겨둔 한양현(漢陽縣) 외곽의 넓고 푸른 초원 지대.

 독고풍과 적멸가인은 흑뢰에 몸을 싣고 저 멀리 아득하게 보이는 한양성을 향해 초원 한복판을 가로지르고 있었다.

 언제나 그랬던 것처럼 독고풍은 마상에 다리 하나를 얹은 삐딱한 자세로 앉아 있고, 앞에 앉은 적멸가인은 그의 품에 눕듯이 기대어 눈을 감고 있는 모습이다.

 대지를 온통 불태워 버릴 듯이 한낮의 태양빛이 내리쬐고 있었으나, 독고풍 뒤쪽에 커다란 일산(日傘:양산)을 펼쳐서 꽂아두었기 때문에 두 사람은 내내 시원하게 올 수 있었다.

독고풍의 검지와 중지 손가락 사이에는 술 호로병 하나가 쥐어져서 흔들거리고 있었다.

그는 말고삐도 놓은 채 흑뢰가 가는 대로 맡겨두고 눈을 지그시 반개한 상태에서 이따금씩 술 호로병의 주둥이를 입으로 가져갔고, 가끔 생각이 나면 적멸가인의 입에도 술을 흘려넣어주었다.

그는 다시 한 모금의 술을 마시고 술 호로병을 막 입에서 떼어내려다가 뚝 동작을 멈추었다.

"......!"

머리 뒤쪽 허공에서 강력하면서도 날카로운 하나의 예기(銳氣)가 내리꽂히고 있는 것을 감지하고 흠칫 놀랐다.

예기는 이미 독고풍의 이 장 거리까지 쇄도하고 있는 중이다. 바꾸어 말하면, 예기가 이 장까지 쇄도하는 동안 그가 전혀 감지하지 못했다는 뜻이기도 하다.

그로 미루어 암습을 가한 자는 최소한 팔혼낭차의 우두머리인 팔등주, 즉 대천십등의 일등 일절신제보다 고강한 것이 분명했다.

머리 뒤쪽 허공에는 태양이 떠 있다. 위치상으로 봤을 때 암습자는 태양을 등지고 허공에 떠 있는 상태에서 암습을 가한 것이다.

육안으로 보이지는 않지만, 주위 백여 장 이내에는 무적금위대 이십 명이 은신한 상태에서 독고풍을 완벽하게 호위한 채 이동하고 있었다.

 암습자가 예기를 발출했다는 것은, 무적금위대 이십 명 중에서 암습자의 존재를 발견하거나 감지한 사람이 한 명도 없음을 의미한다.

 독고풍은 금강불괴지체지만 암습자가 그 정도로 고강한 초절고수이며, 그래서 지금 쏘아오고 있는 예기가 강기라면, 금강불괴는 파괴될 가능성이 있다.

 설혹 파괴되지 않는다고 해도 그대로 있다가는 적멸가인이 다치기 십상이다.

 그녀는 아무것도 모르는 채 입술을 쫑긋거렸다. 술을 달라는 뜻이다.

 이미 일 장까지 쇄도하고 있는 예기의 위험과 쫑긋거리는 입술의 귀여움이 묘한 모순적 대비를 그려내고 있었다.

 '해를 등지고 있는데도 내가 감지하지 못했다는 것인가?'

 그런 의문이 불쑥 생겼다. 물체가 해를 가리고 있으면 당연히 그림자가 생긴다.

 그것을 전혀 감지하지 못했다는 사실 때문에 독고풍은 자신이 예상하고 있는 것보다 암습자가 훨씬 고강할지도 모른다고 생각을 바꾸었다.

 적멸가인이 눈을 사르르 떴다. 입술을 쫑긋거리는 데에도 독고풍이 술을 주지 않기 때문이다.

 그러나 그녀가 가장 먼저 발견한 것은 긴장으로 팽팽하게 굳어 있는 독고풍의 얼굴과 싸늘하게 식은 눈빛이다.

"왜……."

파아앗!

그녀가 입을 막 열려고 할 때 예기가 두 사람 머리 위를 가린 일산을 꿰뚫고 있었으며, 그와 동시에 독고풍이 그녀를 안은 채 번개같이 옆으로 신형을 날렸다.

팍!

실로 간발의 아슬아슬한 차이로 예기가 흑뢰의 등을 쪼개는 순간, 독고풍과 적멸가인은 수평으로 우측 삼 장 허공에 이르러 있었다.

"정아, 무적금위대와 함께 몸을 숨기고 있어라."

그 말을 전음으로 남기면서 독고풍은 적멸가인을 쏘아가던 방향으로 슬쩍 내던지고는 자신은 위로 솟구쳐 올랐다.

슈우우―

선 자세가 아니라, 독수리처럼 두 팔을 활짝 펼치고 아래를 향해 엎드린 자세에서 순식간에 허공 십여 장 높이로 떠오르고 있었다.

적멸가인은 독고풍이 내던진 곳으로부터 오 장가량 쏘아가다가 천근추의 수법으로 뚝 떨어져 무성한 풀숲에 잔뜩 몸을 웅크리고 재빨리 독고풍의 모습을 찾아보았다.

그런데 방금 헤어진 그의 모습이 어디에서도 보이지 않았다. 단지 허리가 두 동강 난 흑뢰가 묵직하게 쓰러지고 있는 광경이 보일 뿐이었다.

그리고 다음 순간 초원의 이십 방향에서 이십 명의 무적금위사가 모습을 나타내고 있는 것이 시야에 잡혔다. 독고풍의 갑작스러운 행동 때문일 것이다.

순간 독고풍이 방금 전에 했던 말이 불쑥 떠오른 적멸가인은 급히 무적금위대에 전음으로 명령했다.

"모두 은신해라!"

다음 순간 모습을 드러내려던 이십 명의 무적금위사가 감쪽같이 시야에서 사라져 버렸다.

'이것은 도대체……'

적멸가인은 방금 전에 무슨 일이 벌어졌으며, 지금이 어떤 상황인지 조금도 감을 잡을 수가 없었다.

다만 흑뢰가 절반으로 쪼개져서 죽은 것으로 미루어 불시에 암습을 당한 것만은 분명했다.

그리고 독고풍이 적멸가인 자신을 안고 갑작스럽게 피했으며, 몹시 아끼는 흑뢰가 죽도록 내버려 둘 수밖에 없었던 것으로 봐서는 암습자가 팔등주보다 고강한 인물일 것이라는 추측도 가능했다.

하지만 단지 그것뿐이다. 거기에서 적멸가인의 추리력은 한계에 부딪쳤다.

그 순간 그녀는 어떤 기발한 생각이 떠올라 즉시 무적금위대에게 전음을 보냈다.

"주군과 암습자의 행적을 찾아서 보고하라."

적멸가인과 무적금위대를 합치면 스물한 쌍의 눈과 귀가 된다. 그들이 제각기 스물한 개의 방향을 담당한다면 독고풍과 암습자를 발견할 수 있을 것이라고 판단한 것이다.

역시 적멸가인의 판단이 옳았다. 제일 먼저 보고한 사람은 자미룡이었다.

"풍 랑은 감(坎) 방향 허공 십오 장 높이에 떠 있어요."

적멸가인은 사태가 촉박해서 자미룡의 '풍 랑'이라는 호칭을 지금은 묵인할 수밖에 없었다.

그녀는 재빨리 허공을 올려다보았다. 그리고 그곳에 독고풍이 독수리처럼 두 팔을 활짝 벌린 채 오른손에 석검을 움켜쥐고 떠 있는 모습을 발견했다.

그리고 그의 얼굴이 어느 때보다 차갑게 굳어 있는 것을 보았다. 독고풍이 긴장하고 있다. 그만큼 상대가 강적이라는 뜻이다.

독고풍은 자신이 암습자를 찾아낼 수 있을 것이라고 확신했다. 예기가 흑뢰를 가르고, 그가 허공 십오 장 높이로 떠오른 것은 채 반 호흡도 되지 않는 찰나였기 때문이다.

설마 그사이에 암습자가 자취를 감추거나 두 번째 암습을 가하거나, 자신보다 더 높은 위치로 상승했을 것이라고는 생각하지 않았다.

그런데 허공 십오 장 높이에서 번개같이 사위를 살펴봤는데도 암습자는 발견되지 않았다.

오히려 초원 곳곳에 은신해 있는 적멸가인과 무적금위대의 모습은 속속들이 보였다.

그때 독고풍의 눈이 세모꼴로 변했다. 엎드린 자세로 떠 있는 자신의 등 위쪽에서 조금 전과 같은 예기가 내리꽂히고 있는 것을 감지했기 때문이다.

일순 어이가 없었고, 등골이 쭈뼛거렸다. 이런 느낌은 생전 처음이다.

그토록 빠르게 대처하고 또 쾌속하게 떠올랐건만, 어느새 암습자는 독고풍보다 더 높은 곳을 점하여 이차 공격을 시도하고 있는 것이다.

쇄도하고 있는 예기는 일체의 음향이 없다. 즉, 무음(無音)이다. 또한 흑뢰를 관통하지 않고 통째로 자른 것으로 미루어 찌른[刺] 것이 아니라 베었다[削]. 게다가 강기다.

암습자가 팔등주보다 고강하다는 사실이 입증됐다. 그리고 놈은 필경 대천신등에서 왔을 것이다.

순간 독고풍의 가슴속에서 불덩이가 치밀어 올랐다.

그것이 무엇인지 그 자신도 모른다. 분노 같기도 하고 호승심 같기도 했다.

어쨌든 그는 이번에는 반격하기로 마음먹었다.

적멸가인을 던지고 허공으로 솟구치는 순간 그는 이미 천마신위강을 끌어올렸다.

그는 호신막을 일으키는 것과 동시에 허공중에 엎드린 자세로 떠 있는 상태에서 돌연 옆으로 쾌속하게 일 장가량 미끄러져 갔다.

지금은 위쪽에서 쏘아 내리는 예기를 확인하고 자시고 할 겨를이 없다.

일단 짐작만으로 피하는 것과 동시에 반격을 가하는 것이 최선의 방법이다.

그가 조금 전에 지상에서 허공 십오 장 높이로 솟구친 것이나, 방금 전에 엎드린 자세에서 순식간에 옆으로 이동한 수법은 섬신비가 아니라 그보다 한 단계 높은 어풍비류행(馭風飛流行)이다.

섬신비가 지상에서의 경공인 데 비해서 어풍비류행은 허공중에서만 사용하는 경공이다.

독수리나 매처럼 지상에서 수십 장 까마득히 높은 허공에서 한 줌의 공력만으로 수십 리를 이동할 수 있는 초상승의 경공인 것이다.

그보다 한 단계 더 높은 것이 섬광비류행(閃光飛流行)이다.

흡사 섬광처럼 빠르다고 해서 붙여진 이름이니 그 속도가 어떨지는 가히 짐작할 수 있다.

독고풍이 옆으로 일 장 이동한 것과 같은 순간에 방금까지 그가 있던 자리로 한줄기 흐릿하게 반짝이는 푸른색의 반월(半月)이 빛처럼 빠르게 스쳐 지나갔다.

그의 직감은 정확했다. 반월은 도나 검으로 베기 공격을 한 것이고, 푸른색을 띠고 있는 것은 강기이기 때문이다.
후우…….
찰나 독고풍의 몸이 위로 솟구쳤다. 오 장이나 솟아오르는 데 원래부터 그곳에 있었던 것처럼 빨랐다. 그 수법이 바로 섬광비류행이다.
그와 동시에 사혼섭기통을 전개했다. 일단 전개하면 백여 리 이내의 모든 기척을 완벽하게 감지할 수 있는 사도절학 최정상의 무공이다.
그러나 더욱 놀라운 것은, 어떤 기척을 감지할 것인지를 임의로 정할 수 있다는 사실이다.
그는 사혼섭기통을 구주사황에게 배웠으나 그보다 훨씬 완벽하게 전개할 수 있었다.
그는 온몸에서 공력을 뿜어 사면팔방 오십 장 이내에 사혼섭기통을 전개했다.
가까운 거리에서는 온몸 수만 개의 미세경락(微細經絡)에서 거미줄처럼 가느다란 공력을 뿜어내어 일정한 공간 이내를 완벽하게 자신의 통제하에 둔다.
인간이 바람이 아니고 물체로 이루어진 이상 사혼섭기통의 미세경락에 걸려들 수밖에 없다.
독고풍이 오십 장으로 한계를 정한 이유는, 암습자가 공격을 하기 위해서는 그 안에 머물러 있어야 한다고 판단했기 때문이다.

 그가 지상에서 무려 이십여 장 높이까지 떠올랐으나 여전히 암습자는 발견되지 않았다.

 지상에서 미미한 움직임들이 거미줄을 통해서 전해졌다. 하지만 그것은 지상에 은신해 있는 적멸가인과 무적금위대의 움직임이다.

 독고풍이 사혼섭기통을 전개했다는 사실을 암습자는 간파하지 못했을 것이다.

 그자가 사혼섭기통에 걸려들지 않는다면 이유는 두 가지 밖에 없다. 반경 오십 장 밖에 있던가, 아니면 인간이 아니라는 것뿐이다.

 '이 자식은 도대체……'

 독고풍은 이십여 장 높이 허공중에 정지한 채 울화가 치밀어 속으로 중얼거렸다.

 사혼섭기통을 전개한 지 다섯 호흡이 지났는데도 암습자가 걸려들지 않고 있기 때문이다.

 그때 머리 위에서 흐릿한 기척이 감지됐다. 독고풍의 어깨 미세경락에서 발출된 수백 개의 거미줄 같은 기의 그물, 즉 기망(氣網)에 암습자가 걸려든 것 같은 느낌이다.

 흐릿한 기척은 곧 정확한 신호로 이어졌다. 놈은 처음부터 끝까지 독고풍의 머리 위에 있었던 것이다.

 독고풍이 그토록 빠르게 대처하고 또 상승했건만, 어떻게 그럴 수 있는지 이해할 수가 없었다.

순간 어떤 생각이 독고풍의 뇌리를 때렸다.

'이놈! 처음부터 꼭대기에 있었구나!'

암습자는 아예 처음부터 높은 고공에서 암습을 가했던 것이 분명했다.

독고풍이 상승하기 전에 암습자가 먼저 상승한 것이 아니라, 애초부터 까마득한 허공에 뜬 상태에서 첫 번째, 두 번째 암습을 연이어 가했던 것이다.

독고풍이 허공 이십여 장 높이에서 반경 오십 장 일대에 걸쳐서 사혼섭기통을 전개했으니까, 암습자는 그보다 더 높은 곳, 지상에서 최소 칠십여 장 고공에서 공격을 가했다는 얘기가 된다.

칠십여 장이면 작은 야산 정도의 높이다. 사람이 그 정도 높이에 오래 머물 수 있다는 것은, 암습자가 어풍비류행 같은 초상승의 경공을 전개하고 있었다는 뜻이다.

'이 자식! 너 이제 죽었다!'

중원에 나온 지 일 년이 지난 현재는 어느 정도 대장부다운 면모를 갖춰가고 있는 그였으나 속이 뒤집힌 이런 상황에서는 예전 무가내의 심성이 그대로 쏟아져 나왔다.

이미 호신막으로 전신을 보호한 그는 암습자의 위치를 확인한 순간 섬광비류행을 전개하여 곧장 쏘아 올라갔다.

위를 쳐다볼 필요도 없다. 사혼섭기통의 기망에 감지된 것

패배 213

은 눈으로 보고 손으로 만지는 것보다 더 정확하다.

또한 암습자가 어풍비류행 같은 경공을 전개하고 있다고 해도 섬광비류행을 능가하지는 못한다고 독고풍은 확신했다.

천하에서 섬광비류행보다 빠른 경공은 존재하지 않는다고 믿기 때문이다.

쐐애액!

얼마나 빠르면 사람이 쏘아 오르는데 마치 화살을 발사한 듯한 음향이 터졌다.

'찾았다!'

머리를 위로 하여 고개를 젖힌 자세로 쏘아 오르고 있는 독고풍은 위쪽 사십여 장 허공에 우뚝 서 있는 한 인물을 발견하고 눈을 부릅떴다.

암습자가 분명했다. 그자는 마치 태양 속에 우뚝 서 있는 것 같았다.

그자는 독고풍이 쏘아 오르고 있는데도 피하려고 하지 않았다. 그것이 또 독고풍의 호승심을 자극했다.

암습자가 태양 속에 있다고 해도 독고풍 정도 되는 고수가 눈이 부시다는 이유로 상대를 보지 못한다는 것은 말이 되지 않는다.

그자는 하얀 백삼을 입었으며, 후리후리한 체구에 키가 매우 컸고, 홀쭉한 얼굴에 수염 없는 사십대 후반이었다.

오른손의 검을 머리 위로 치켜들어 막 그어 내리려는 자세를 취하고 있다가 쏘아 오르고 있는 독고풍과 시선이 정면으로 딱 마주쳤다.

그러나 조금도 놀라는 표정이 아니다. 그저 제 할 일을 묵묵히 하는 것처럼 검을 그어 내렸다.

그런데 그 정도 위력적인 검강을 발출하려면 팔에 힘을 준다거나 힘을 가하는 표정이 얼굴에 드러날 텐데 그는 전혀 그렇지 않았다.

마치 식사를 하면서 젓가락질을 하듯 대수롭지 않게 검을 그어 내렸다.

그런 점에서 그는 독고풍과 닮았다. 절정고수의 수준을 넘어서면 구태여 공력을 쥐어짜 내지 않아도 자신이 원하는 만큼의 공력을 충분히 발출할 수 있는 것이다.

사십여 장의 거리는 순식간에 오 장여로 좁혀졌다.

독고풍은 오른손의 석검에 전신 공력을 주입시키고 참마인을 전개했다.

참마인은 삼절마제의 성명절학 중 하나로, 오직 베기 전용이고, 검기와 검강으로 사용하면 더욱 빠르고 위력적이다.

백삼인이 발출한 푸른색의 검광과 독고풍이 발출한 붉은색의 검강이 가공할 위력을 실은 상태에서 번개 같은 속도로 마주쳐 갔다.

그러나 두 사람은 피하지 않았다. 독고풍은 아예 피할 생각이 없었고, 백삼인도 그런 것 같았다. 아니, 그는 피한다는 것을 모르는 사람처럼 보였다.

그 순간 적멸가인과 무적금위대 이십 명은 까마득한 허공 중에서 하나의 섬광이 번쩍! 하고 눈부신 광채를 뿜어내는 것을 발견했다.

쩌쩌쩡!

뒤를 이어 벼락이 치는 듯한 굉장한 음향이 터졌다.

두 개의 강기가 격돌할 경우에는 두 가지 결과밖에 기대하지 못한다.

하나는 둘 중 한 명이 죽거나 중상을 입는 것이고, 또 하나는 둘 다 양패구상을 당하는 것이다. 강기가 그만큼 극강한 무공이기 때문이다.

두 개의 강기가 충돌하는 순간, 독고풍은 가슴이 빠개지는 듯한 엄청난 충격을 느끼는 것과 동시에 반탄력에 의해서 화살처럼 지상으로 추락하기 시작했다.

두 개의 강기가 격돌할 경우에는 두 가지 결과밖에 없는데, 방금 격돌에서 첫 번째 결과가 나타났으며, 불운하게도 그 피해는 독고풍의 몫이 됐다.

그 충격으로 인하여 그는 기혈이 들끓고 공력이 산산이 흩어지는 것을 느꼈다.

또한 입에서 꾸역꾸역 검붉은 피가 토해졌으며 정신이 아득해지고 있었다.

방금 전의 일 초 교환으로 한 가지 사실은 명확해졌다. 공력 면에서 백삼인이 독고풍보다 한 수 위라는 것이다.

독고풍은 그 사실을 인정하기가 어려웠다. 여태껏 아무에게도 말한 적은 없었지만, 그는 자신이 천하무적이라고 여겨왔었다. 그런데 그 자신감이 이처럼 허무하게 박살 나버리고 있는 것이다.

슈우—

쏘아 오를 때보다 더 빠른 속도로 추락하면서 그는 있는 힘껏 어금니를 악물었다.

'이건 말도 안 된다! 내가 저따위 놈에게……'

재빨리 운기를 하여 흩어지는 공력을 바로잡으려고 안간힘을 다했다.

그때 그의 두 눈이 약간 커지며 두 눈에 어이없다는 기색이 떠올랐다.

백삼인이 머리를 아래로 한 자세에서 자신을 향해 무서운 속도로 하강해 오고 있는 것을 발견했기 때문이다.

강기끼리의 격돌의 특성상 독고풍이 중상을 입었으니 백삼인은 전혀 다치지 않았을 것이다.

백삼인은 이참에 아예 독고풍의 숨통을 끊으려는 듯 십여 장 거리로 좁혀지자 수중의 검을 치켜들었다.

검이 푸르스름하게 빛나는 것으로 미루어 이번에도 강기를 발출하려는 것이 분명했다. 대천신등의 절대신공인 대미

신력이었다.

 독고풍은 흩어지려는 공력을 끌어모으고 있는 중이라서 피하거나 반격을 할 수 없는 상황이다.

 그것을 중단하고 공력을 운기하여 동작으로 옮기려면 단지 눈 한 번 깜빡거릴 만큼의 시간이 필요했다. 하지만 백삼인은 그럴 기회를 주지 않았다.

 문득 그는 오기가 발동했다. 그의 두 눈에서 싸늘한 안광이 뿜어졌다.

 '좋다, 이놈! 아주 끝장을 보자!'

 그는 이왕 이렇게 된 것, 아예 위험한 모험을 시도해 보기로 작정했다.

 그렇다고 감정이 격앙돼서 될 대로 되라는 식은 아니다. 그는 자신이 많은 수법을 배웠으므로 이 상황에 가장 적절한 것을 발휘할 생각이다.

 그래서 요선마후의 절기 중에 하나인 환착대영술(幻錯對影術)을 전개하여 백삼인을 한순간 교란시킨 직후에 승부를 내버릴 작정이었다.

 환착대영술은 이름 그대로 상대로 하여금 적이 바로 앞에 있는 듯한 착시(錯視) 현상을 일으키게 한다. 그것은 내공으로 가상의 자신의 모습을 만들어내서 원하는 위치에 쏘아내는 방법이다. 원래 무가내의 능력으로는 내공을 발출하여 도달할 수 있는 거리. 즉, 백오십여 장까지 가능했다.

그런데 문제는 독고풍이 지금 육성 정도의 공력밖에 사용할 수 없다는 사실이다.

그래서 환착대영술을 제대로 펼칠 수 있는지, 그것이 먹힌다고 해도 백삼인에게 결정적인 일격을 가할 능력이 되는지 그것이 문제다.

하지만 지금으로선 그것밖에는 방법이 없다. 손을 놓고 있다가 허무하게 당하느니 한 가닥 가능성이 있다면 시도할 수밖에 없는 것이다.

독고풍은 등을 아래로 하고 누운 자세에서 하강하면서 백삼인에게 힘껏 석검을 뻗으며 환착대영술을 전개했다.

슈아아!

순간 빛처럼 빠른 속도로 독고풍이 암습자를 향해 쏘아 올랐다. 하지만 그것은 그가 발출한 공력이 그의 형상을 만들어 쏘아내는 것일 뿐이다.

다음 순간 검을 막 그어 내려 검강을 발출하려던 백삼인이 멈칫했다.

또한 표정 변화가 없던 얼굴이 약간 일그러졌다. 그 나름의 놀라는 표정인 듯했다.

사 장 이상의 거리를 두고 있던 독고풍이 순식간에 일 장 가까이에 쇄도하면서 목을 향해 석검을 찔러오고 있으니 놀라지 않을 재간이 없다.

백삼인은 막 발출하려던 검강을 억제시키는 것과 동시에

강기를 검에 실어 독고풍의 정수리를 벼락같이 쪼개어갔다. 일단 검강을 발출하고 나면 검은 그저 한 자루 쇠붙이일 뿐이기 때문이다.

기우웅!

독특한 기음이 흐르면서 강기에 의해 푸르게 변한 검이 독고풍의 머리를 베어갔다.

그런데 독고풍이 전혀 피하려 들지 않고 그대로 쏘아 오르며 석검을 뻗는 것이 아닌가.

백삼인은 움찔했다.

'양패구상!'

독고풍의 저돌적인 행동을 너 죽고 나 죽자는 뜻으로 받아들인 것이다.

멈추지 않는다면 백삼인의 검이 독고풍의 정수리를 쪼갠 직후 그의 석검이 백삼인의 목을 꿰뚫을 것이다.

찰나를 열로 쪼갠 순간, 백삼인의 눈이 복잡한 빛으로 물드는 듯하더니 결국 그대로 검을 베어가면서 상체를 번개같이 옆으로 비틀었다.

그 역시 위험을 감수하는 쪽으로 결정한 것이다. 이런 급박한 상황에 공수(攻守)를 동시에 전개하는 것은 아무나 실행할 수 있는 일이 아니다.

다음 순간 독고풍의 석검은 아슬아슬하게 백삼인의 목을 비껴갔다.

목을 찔렸어도 허상인 석검이므로 다치지 않았을 테지만 그가 그런 사실을 알 리가 없다.

그리고 같은 순간 자세가 바뀐 백삼인의 검이 독고풍의 허리를 단숨에 통째로 잘라 버렸다.

'끝났다.'

자세를 바로 하는 백삼인의 입가에 흐릿한 미소 한줄기가 떠올랐다.

한 명의 일절신제와 한 명의 이황무존. 즉, 팔등주와 팔차등주가 이끄는 천 명의 팔혼낭차들이 전멸을 하면서도 죽이지 못했던 대마종의 후예 혈풍신옥의 숨통을 마침내 그의 손으로 끊어버린 것이다.

콰우웅!

바로 그 순간 그의 좌측 아래쪽에서 굉렬한 음향이 터졌다.

무엇인지 확인하기도 전에 그는 직감적으로 그것이 개세적인 신공이라는 것을 감지했다.

그는 재빨리 좌측으로 상체를 비트는 것과 동시에 검을 휘둘러 가면서 그것이 무엇인지 눈으로 확인했다.

하나의 눈부신 빛 덩어리가 지상에서부터 맹렬하게 쏘아오르고 있었다.

빛 덩어리는 홍, 청, 흑, 황, 백, 다섯 색깔이 한데 어우러진 둥근 형태이며, 그 뒤로 유성 같은 다섯 색깔의 긴 꼬리를 이루고 있었다.

백삼인의 동공이 가볍게 흔들렸다.
'오행회선강!'
독고풍이 위기에 처한 것을 발견한 적멸가인이 백삼인을 향해 전력으로 오행회선강을 발출한 것이었다.
위험을 느낀 백삼인의 검이 반 장 이내로 쇄도하고 있는 오행강을 후려쳐 갔다.
그러나 그의 검에는 오행강을 튕겨내거나 와해시킬 만한 충분한 강기가 실려 있지 않았다.
독고풍의 허리를 벤 직후에 재차 검을 휘둘렀기 때문에 오 할의 강기가 담겨져 있는 정도다.
백삼인은 적이 놀라고 있었다. 혈풍신옥 측근에 이 정도로 고강한 인물이 있다는 보고도 없었으며, 그런 예측도 하지 않았었기 때문이다.
이것은 방심이 불러온 화이며, 완벽하게 허를 찔렸다.
지금으로선 오행회선강을 전개한 사람의 공력이 그리 높지 않기만을 바라는 수밖에 없다.
뻐억!
"크으……."
검으로 미처 다 해소시키지 못한 사성 위력의 오행강이 백삼인의 옆구리를 강타했다.
백삼인은 입에서 울컥 피를 토하면서 우측으로 밀려가며 허공중에서 자세가 크게 흐트러졌다.

그의 바람은 이루어지지 않았다. 오행회선강을 발출한 사람의 공력은 대천신등 일절신제 정도의 수준이었다.

다만 지상에서 발출하여 너무 먼 거리를 쏘아왔기 때문에 그 위력이 삼 할 정도 자연적으로 감소된 상태라는 것이 그나마 그에게 행운이었다.

하지만 이 정도로 무너질 그가 아니다. 가볍지 않은 내상을 입은 듯하지만 아직 끄떡없다.

더구나 목적했던 혈풍신옥을 죽였으므로 이제 사라지기만 하면 된다.

그러나 마음이 내키면 방금 오행회선강을 전개한 인물을 찾아내서 죽여도 될 것이다.

그 정도 여력은 아직 남아 있다. 일절신제 정도 수준이라면 비록 내상을 입기는 했으나 이십여 초식 안에 죽일 수 있을 터이다.

또한 혈풍신옥의 호위대 이십 명 정도는 그를 방해할 만한 능력이 없을 것이다.

하지만 그는 일단 물러나기로 했다. 목적을 달성했으니 구태여 무리할 필요가 없는 것이다.

일단 그가 사라지기로 마음먹으면 아무도 잡을 수 없을 것이다. 혈풍신옥이 보여준 경공이 놀라운 수준이지만, 그는 이미 죽고 없지 않은가.

사라지기 전에 오행회선강을 발출한 사람이 누군지 확인

하려고 백삼인은 힐끗 지상을 쳐다보았다.
 그리고 한 명의 아름다운 소녀가 오만한 자세로, 그리고 성난 듯한 얼굴로 서 있는 것을 발견했다.
 '적멸가인이었군!'
 중원무림의 정세에 대해서 훤한 그는 한 번 보자마자 그녀의 신분을 간파했다.
 다만 대천신등에서의 상황 설명 때 들었던 적멸가인에 대한 무위보다, 지금 눈으로 보고 있는 적멸가인의 무위가 훨씬 높다는 사실이 약간 의외다.
 '크흐흐… 네년은 본 등이 정식으로 중원을 침공할 때 내 손으로 직접 죽여주마.'
 백삼인은 내심 잔인하게 웃으면서 몸을 날리려고 했다.
 기우우.
 그때 괴이한 기음이 그의 머리 위에서 흘렀다. 듣는 순간 그것이 절대신공을 발출한 음향이라는 것을 간파했다.
 "……?"
 그런데 머리 위라니? 적멸가인은 까마득한 저 아래 지상에 서 있는데 대체 누구란 말인가?
 그럴 만한 사람은 단 한 명, 혈풍신옥뿐인데 그는 이미 죽었지 않은가? 그런 의혹들이 백삼인의 머릿속을 순간적으로 가득 채웠다.
 그의 냉철한 이성은 지금 상황에서 자신의 머리 위에서 공격해 올 사람이 없다고 판단했으나, 감정으로 이루어진 본능은 한 사람을 떠올려 주었다.

'설마 혈풍신옥이란 말인가?'

그럴 가능성은 추호도 없지만, 또한 그럴 수 있는 가능성은 혈풍신옥뿐이라는 모순이 성립된다.

머리 위에서 쇄도해 오고 있는 공격은 결코 착각이 아니다. 그것을 막지 못한다면 죽거나 중상을 입게 될 것이 분명하다. 그러나 지금으로선 발악이라도 하는 수밖에 어떻게 해볼 방도가 없다.

백삼인은 다급히 몸을 틀면서 머리 위를 향해 전력으로 검을 휘둘렀다.

키우웃!

그는 거무튀튀한 석검이 자신의 머리를 향해 번개처럼 그어 내리는 것과 석검을 움켜쥔 채 두 눈을 번뜩이며 잔인한 미소를 흘리고 있는 독고풍을 발견하고 심장을 힘껏 움켜쥔 듯한 충격을 받았다.

'혈풍신옥!'

불가능이 현실이 되는 순간이다.

쩌껑!

강기가 담겨 있는 두 자루 검이 강력하게 부딪쳤다.

독고풍의 석검에는 육성 공력의 천마신위강이, 백삼인의 검에는 사성 공력의 대미신력이 담겨 있었다.

백삼인은 팔성의 공력을 지니고 있었으나, 적멸가인의 오행강에 적중된 직후였으므로 공력을 강기로 변환시켜서 검에 실을 시간적 여유가 미처 없었다.

백삼인이 독고풍보다 공력 면에서 우위에 있다고는 하지만, 사성과 육성이 같을 수는 없다. 독고풍이 약 일성 반 정도 유리했다.

더구나 독고풍의 석검은 전설의 철경암이라는 바위로 만든 것이다.

석검은 백삼인의 검을 그대로 두 동강 내고 그의 왼쪽 어깨에 깊숙이 박혔다.

"크윽!"

백삼인의 입에서 시뻘건 핏덩이와 함께 고통스러운 신음이 터져 나왔다.

쩍!

다음 순간 독고풍의 오른발 발끝이 막 돌아서고 있는 백삼인의 가슴 한복판을 강하게 찍었다.

그 일격으로 백삼인의 갈비뼈가 완전히 박살 났다.

독고풍은 백삼인이 지상으로 추락하는 것을 그림자처럼 뒤따르면서 그를 죽이려던 생각을 바꾸었다.

그에게서 알아낼 것이 있다는 생각을 방금 떠올린 것이다. 대신 백삼인을 죽지도 살지도 못하게 만들 작정이었다.

오늘은 독고풍이 중원에 출도한 지 일 년여 만에 첫 패배를 당한 날이다.
 우여곡절 끝에 백삼인을 제압하기는 했지만, 정확하게 말하자면 패자는 독고풍이었다.

第九十五章
십팔광세(十八狂勢)

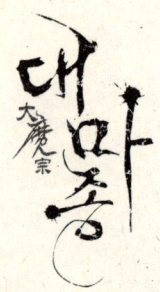

무창성 선화루. 술시(戌時:밤 8시).

기루로 사용하고 있는 선화루 대로변의 오 층짜리 거대한 전각 뒤쪽 여러 채의 안채들은 외부에 거의 알려지지 않은 장소이다.

그곳 야트막한 강 언덕에 강을 향해 위치해 있는 삼 층의 고풍스러운 전각에 독고풍 일행이 조금 전에 도착했다.

독고풍은 도착하자마자 연공실에 들어간 후 지금까지 두문불출하고 있는 중이다.

선화루주 요몽은 오랜만에 만나는 주군을 반갑게 맞이했지만 독고풍은 인사를 받는 둥 마는 둥 연공실로 들어가 버린 것이다.

 삼 층짜리 별채는 다섯 달쯤 전에 독고풍이 처음 사용한 이후 그의 전용 전각이 되었다.

 그 당시에는 연공실이 없었으나 독고풍이 떠난 후 요몽이 그를 위하여 연공실과 몇몇 시설을 새로 갖추었다.

 요몽은 선화루에서 독고풍이 무적검절 태무천을 만날 것이라는 통보를 받은 후 매사에 만전을 기해놓고 독고풍이 도착하기만을 학수고대하고 있었는데, 그가 곧장 연공실로 들어가 버리자 실망하는 것은 둘째 치고라도 무슨 일인지 놀라움과 궁금증을 감추지 못했다.

 별채의 접객실에는 적멸가인과 요몽만 남게 되었다.

 요몽은 진명유림에서도 유명한 존재인 적멸가인에 대한 소문을 예전부터 귀가 따갑게 들었었다.

 다섯 달쯤 전에 독고풍과 은예상 등이 사해방을 멸문시키고 돌아오는 길에 극독에 중독되어 거의 죽어가는 적멸가인을 구해서 선화루에 잠깐 들렀을 때, 요몽은 그녀를 처음으로 직접 보았었다.

 그 당시의 적멸가인은 지금처럼 아름다운 모습이 아니었으며 또한 독고풍의 셋째 부인이라는 신분도 아니었다.

 만신군장 오도겸이 푼 극독에 중독되어 온몸이 숯덩이처럼 새카맣게 변한 모습이었다.

 요몽은 독고풍이 일행을 이끌고 쌍산 난연장으로 모친을

만나러 떠난 이후에 벌어진 일들에 대해서 하나도 빠짐없이 보고를 받아 잘 알고 있었다.

요마낭이 독고풍의 둘째 부인, 적멸가인이 셋째 부인이 됐으며, 독고풍이 대동협맹 휘하 중천방을 전멸시킨 일, 광양자가 이끄는 무당파가 난연장을 습격한 것, 대천신등 팔혼낭차들이 습격, 은예상과 단예소를 납치하려다가 요마낭이 변을 당한 일, 이후 팔등주와 팔차등주가 이끄는 천 명의 팔혼낭차와 당하에서 대혈전을 벌인 일 등 요몽이 모르고 있는 일은 하나도 없었다.

적멸가인이 독고풍의 셋째 부인이 된 것에 어떤 깊은 사연이 있는지는 모르지만, 요마낭이 둘째 부인이 된 것만큼이나 우여곡절이 있을 것이라고 짐작하는 요몽이다.

그녀는 친딸인 요마낭에 대한 일이 가장 궁금할 것이다.

보고를 받았다고는 해도 그 당시에 그 자리에서 목격한 사람만 하겠는가.

"풍 랑께서는 둘째 언니가 반드시 소생할 것이라고 말씀하셨어요. 너무 심려하지 마세요."

"그것보다 삼부인, 주군의 안색이 좋지 않아 보이시던데, 무슨 일이 있으셨나요?"

딸의 소식이 제일 궁금할 것이라고 짐작하여 요마낭에 대해서 서두를 꺼낸 적멸가인데, 요몽은 오히려 독고풍에 대해서 더 궁금해하고 있었다.

적멸가인은 요몽의 얼굴을 마주 바라보았다. 요몽은 공손한 자세로 서 있지만 기품을 잃지 않은 모습이었다.

적멸가인은 요몽이 딸보다는 독고풍의 안위를 더 염려하고 있다는 진심을 읽고 탁자를 가리켰다.

"우선 앉아서 차근차근 설명하지요."

요몽은 하녀에게 차를 내오라 이르고는 사양하지 않고 조심스럽게 적멸가인 맞은편에 앉았다.

적멸가인은 설란요백과 요몽, 요마낭으로 이어지는 요마삼대(妖魔三代)에 대해서 잘 알고 있었다.

그러나 그런 무슨 무슨 관계보다는, 요몽이 요마낭의 친모라는 점에서 그녀가 남 같지 않다는 생각이 들었다.

이윽고 적멸가인은 이곳에서 멀지 않은 한양현 밖 초원 지대에서 일어났던 백삼인의 습격 사건에 대해서 차분한 목소리로 설명하기 시작했다.

독고풍은 연공실에서 두 시진에 걸쳐 연이어 다섯 차례의 운공조식을 했다.

그것으로 공력의 팔성까지 회복이 됐다.

아직 내상이 완전히 치유되지 않은 상태라서 이성가량의 공력 회복이 늦어지는 것이다.

그러나 그가 다섯 차례 연이어서 운공조식을 한 주된 목적은 내상 치료가 아니었다.

진짜 목적은 자신의 뱃속에 있는 부친의 내단을 용해시키려는 것이다.

내단에는 부친의 공력이 고스란히 담겨 있으니 그것을 용해시켜서 자신의 공력과 합칠 수만 있다면 무공이 지금과는 비교도 할 수 없을 정도로 급증될 것이다.

그는 오늘 낮에 백삼인에게 불의의 급습을 당하고 정말 큰 충격을 받았다.

당하대혈전 당시에 뼈아픈 경험을 했었지만, 그래도 중원무림에서 자신보다 강한 인물은 없을 것이라는 자신만만함에는 변함이 없었다.

그런데 그것이 완전히 박살 난 것이다. 백삼인이 누군지는 몰라도 대천신등 인물인 것만은 분명했다.

그렇지만 대천신등 최고 우두머리인 천신황이 아닌 것도 역시 분명하다.

천신황 정도의 거물이 단신으로 혈풍신옥을 죽이려고 암습한다는 것은 이치에 맞지 않는 일이다. 그렇다면 백삼인은 천신황의 수하일 것이다.

다른 말로 하자면, 독고풍은 천신황의 일개 수하 한 명에게 패한 것이다.

백삼인을 제압한 후 무창으로 오는 내내 독고풍은 그렇게 한 가지 생각을 떨쳐 버리지 못했다.

'더 강해져야 한다. 지금보다 훨씬 더!'

지금부터 그는 할 일이 무척 많다. 무적방과 정협맹, 대동협맹과 연합하여 대천신등을 괴멸시켜야 하고, 그다음에는 중원무림을 손아귀에 넣어야 한다.
 그리고 또 하나, 어쩌면 머지않아서 최대 변수로 등장할는지 모를 녹천대련을 상대해야 할 것이다.
 그런 시점에서 그는 두 차례에 걸쳐 지옥의 문턱까지 다녀왔으며, 그로 인해서 자신의 '현재 위치'라는 것을 절실하게 깨닫게 되었다.
 그리고는 '이대로는 죽도 밥도 안 된다'는 것과 '지금보다 훨씬 더 강해져야만 한다'라는 결론을 내렸다.
 현재의 그는 바닥이 보이지 않는 까마득한 벼랑 끝에 서 있다. 아니, 꼭대기가 올려다보이지도 않는 높고 두터운 철벽 앞에 서 있다.
 벼랑을 뛰어넘고 철벽을 무너뜨리는 방법은 오직 하나, 부친의 내단을 녹여서 자신의 공력으로 만드는 것뿐이다.
 그러나 다섯 차례의 연이은 운공조식에도 내단은 꼼짝도 하지 않았다.
 하긴 그렇게 쉽게 용해될 것 같았으면 낙양성 외곽의 옥봉원에서 지난 넉 달 동안 죽어라고 운공조식을 했을 때 벌써 이루어졌을 것이다.
 "우라질! 도대체 어떻게 해야 내단이 녹는 것인가? 설마 죽을 때까지 녹지 않는 것은 아닌가?"

골머리를 싸매고 끙끙거리던 독고풍은 한동안 잊고 있던 욕설을 내뱉으며 석대에서 바닥으로 내려섰다.

천마신위강으로도, 호천무적공으로도, 그 어떤 방법으로도 내단이 용해되지 않았다.

아무리 방법을 강구해 봐도 머릿속이 새하얗게 탈색되기만 할 뿐이다.

이미 그가 알고 있는 별별 방법을 다 시도해 봤기 때문에 더 이상 방법이 떠오르지 않았다.

'안 되겠어. 이럴 때는 나보다 똑똑한 정아에게 도움을 청해야겠다.'

그렇게 중얼거리면서 그는 뇌옥 같은 연공실을 성큼성큼 걸어나갔다.

적멸가인과 요몽이 기다리고 있는 방으로 가려던 독고풍은 강조에게 물어 백삼인을 감금해 놓은 지하 석실로 내려가면서 두 여자를 오라고 지시했다.

내단을 용해시키는 것이 무엇보다 중요하지만 지금 당장 해결될 일이 아니다.

지금 당장은 백삼인이 누구이며 무슨 목적을 갖고 있는지, 그리고 암살하려는 표적이 독고풍 이외에 누가 더 있는지를 알아내는 것이 급선무다.

독고풍은 백삼인을 끌고 오기 전에 구주사황의 특수한 점혈 수법을 발휘하여 무공을 폐지시켜 놓았다.
 영구적인 무공 폐지가 아니라서 백삼인의 점혈 수법을 풀어주면 다시 무공이 회복될 것이다.
 백삼인은 창문 하나 없이 사방이 석벽으로 막힌 밀폐된 밀실에 감금된 상태였다.
 그궁!
 강조가 철문을 열어주자 독고풍이 성큼성큼 안으로 걸어 들어갔다.
 백삼인은 밀실 한복판 바닥에 눈을 꾹 감은 채 가부좌의 자세로 앉아 있었으며, 독고풍이 들어서는데도 일어서기는커녕 눈도 뜨지 않았다.
 독고풍이 백삼인 앞에 우뚝 서서 팔짱을 끼고 그를 굽어보고 있는 동안 강조와 자미룡, 냉운월이 뒤쪽에 늘어섰다.
 제압했을 당시에 심문을 할 수도 있었으나 무창이 반 시진 거렸기 때문에 이곳에서 심문할 생각으로 곧장 달려왔던 것이다.
 독고풍은 백삼인을 굽어보기만 할 뿐, 그를 건드리지도 않았다. 그가 스스로 눈을 뜨기를 기다리는 것이다.
 잠시 후에 적멸가인과 요몽이 급히 들어와서 독고풍의 좌우에 섰으나 그때까지도 백삼인은 미동조차 하지 않았다.
 독고풍은 백삼인이 운공조식으로 자신의 제압된 혈도를 풀려 한다고 짐작했다.

하지만 그대로 내버려 두었다. 구주사황의 특수 점혈 수법인 붕혈쇄맥술(繃穴鎖脈術)은 이름 그대로 붕혈, 혈도를 묶고, 쇄맥, 맥문을 잠가 버리는 실로 고명한 수법이다.

단지 두세 군데의 혈도를 점해서 부분적으로 제압하는 일반적인 점혈 수법과는 다르게, 서른여덟 곳의 혈도를 묶고 십이경맥을 잠가 버리는 것이니 설사 천신이라고 해도 붕혈쇄맥술을 스스로 풀지는 못할 것이다.

독고풍이 입을 다문 채 우뚝 서 있으니 아무도 경거망동하지 못하고 침묵을 지키고 있었다.

백삼인은 온몸의 혈도와 맥문이 묶이고 봉쇄되어 단전의 공력을 건드리지도 못하는 상태이기 때문에 운공조식 자체를 시도할 수조차 없을 것이다.

그러나 만약 계속 시도하려 들다가는 좋지 않은 결말을 맞이하게 될 터이다.

"우욱……."

과연 백삼인은 갑자기 상체가 기우뚱하더니 고통스러운 신음과 함께 입에서 꾸역꾸역 검붉은 피를 토해냈다. 붕혈쇄맥술을 억지로 해혈하려고 들면 주화입마 비슷한 상황을 겪게 되기 때문이다.

털썩.

백삼인은 옆으로 쓰러져서 몸을 푸들푸들 애처롭게 떨었다.

곧 죽을 것 같은 모습이지만 독고풍은 무심한 눈빛으로 굽어보기만 할 뿐이었다.

약간의 시간이 지나자 백삼인의 떨림이 잦아들더니 곧 멈추었고 바닥에 뺨을 댄 채 천천히 눈을 떴다.

그의 눈빛은 평범한 사람보다 더 흐릿했다. 독고풍을 공격할 때의 자신감에 가득 찬 눈빛하고는 거리가 멀었다.

그는 눈동자를 굴려 서 있는 독고풍의 얼굴을 쳐다보았다.

제 딴에는 눈에 살기를 띠려고 애쓰는 것 같았으나 뜻대로 되지 않고 오히려 애처로운 눈빛이 돼버렸다.

그러자 독고풍의 입가에 흐릿한 미소가 떠올랐다. 그는 백삼인의 그런 눈빛을 보기 위해서 여태 기다렸던 것이다. 그리고 매우 만족했다.

그는 허리를 굽히면서 손을 뻗어 활짝 펼쳐진 손바닥을 독수리 발톱처럼 구부려 백삼인의 머리를 가볍게 움켜잡아 천천히 일으켜 앉혔다.

불과 몇 시진 전에 독고풍의 목숨을 위협했던 인물은 볏짚처럼 가볍게 일으켜져서 앉혀졌다.

독고풍은 길게 시간을 끌 생각이 없었다. 그래서 즉시 제령수어법을 전개하여 백삼인의 뇌를 뜨겁게 달구었다.

원래의 백삼인은 독고풍보다 공력이 높기 때문에 제령수어법이 먹히지 않는다.

하지만 지금처럼 일시적으로 무공이 폐지된 상태에서는

보통 사람처럼 간단하게 제령수어법에 걸려들 것이다.

"흐으……"

독고풍의 손바닥을 통해서 주입된 제령수어법의 공력이 백삼인의 뇌를 한바탕 휘젓자 그의 입에서 신음 소리가 흘러나오면서 눈빛이 마구 헝클어졌다.

그러더니 잠시 후 눈빛이 평정을 되찾았다. 하지만 매우 공손한 눈빛이다. 제령수어법에 제압된 것이다.

"일어나라."

독고풍의 나직한 명령에 백삼인은 비틀거리면서 일어섰다.

적멸가인과 요몽, 강조 등은 독고풍이 단지 쓰러져 있는 백삼인의 머리를 가볍게 움켜잡고 일으켜 앉히는 것만 봤는데, 그가 몹시 순종적이 된 것을 보고 그제야 제령수어법에 제압됐음을 깨달았다.

"대천신등에서의 네 신분은 무엇이냐?"

독고풍은 백삼인이 대천신등의 인물일 것이라는 전제하에 단도직입적으로 물었다.

백삼인은 우두커니 선 채 높낮이 없는 어조로 대답했다.

"대천신등 십팔광세(十八狂勢) 중 십광세(十狂勢)입니다."

"십팔광세?"

생각하지도 않은 이름이 튀어 나왔기 때문에 독고풍은 뜻밖이라는 듯 중얼거렸고, 적멸가인 등 다른 사람들은 크게 놀라는 표정을 지었다.

독고풍을 비롯한 모두는 백삼인이 대천신등의 인물일 것이라고 확신, 그가 최소한 대천칠군의 한 명일 것이라고 추측하고 있었다.

요몽이 놀라움이 역력한 목소리로 설명했다.

"이십여 년 전 대천신등이 중원을 침공했을 당시에 십팔광세는 대천신등의 세 번째 서열이었으며, 전체 세력인 대천십팔세(大天十八勢)의 대세주(大勢主)들이었어요."

중인의 놀라움은 매우 컸다.

대천신등 서열 삼위인 십팔광세가 독고풍보다 고강하다는 것은, 대천신등에 독고풍을 능가하는 고수가 천신황과 대천칠군을 비롯하여 십팔광세까지 무려 이십육 명이나 된다는 뜻이기 때문이다.

그런 것은 추호도 예상하지 않았던 일이다. 단지 독고풍이 천신황과 막상막하를 이루지 않을까 하고 막연하게 예상했을 뿐이다.

중인은 독고풍이 정협맹주인 북궁연이나 대동협맹주인 무적검절 태무천보다 고강하다고 판단하고 있었다.

그렇다면 중원무림에서는 대천신등의 십팔광세보다 고강한 인물이 단 한 명도 없다는 뜻이 아닌가.

물론 천하는 넓디넓고 기인이사는 모래알처럼 많다고 하지만, 그들은 세속의 영달과 이해하고는 담을 쌓은 채 깊이 은둔하고 있기 때문에 아무런 도움이 되지 못한다.

　이 얼마나 충격적이고 또 눈앞이 캄캄한 일인가. 이런 상황일 것이라곤 아무도, 그리고 추호도 예상하지 못했었다.

　모두가 충격에 빠져 있을 때 독고풍의 침묵을 깨고 두 번째 질문을 던졌다.

　"중원에는 너 혼자 왔느냐?"

　"십팔광세의 십광세부터 십팔광세까지 아홉 명이 왔습니다."

　독고풍은 어느새 냉정을 되찾고 있었기에 이제부터는 무슨 말을 들어도 더 이상 놀라지 않을 것이다.

　그러나 중인은 독고풍 같지 않았다. 십팔광세의 무려 아홉 명이 중원에 왔다는 사실에 아연실색하고 말았다. 하지만 독고풍의 질문이 이어지고 있어서 내색을 하지 못했다.

　"그들의 임무는 무엇이냐?"

　독고풍은 어느 정도 짐작을 하면서 세 번째 질문을 던졌다.

　"당신 혈풍신옥을 비롯하여 정협맹주, 대동협맹주, 녹천대련의 녹천신왕, 구파일방의 장문인들과 과거 정협맹 이십오 맹숙이었던 자들, 중원삼십육태두의 우두머리들을 암살하는 것입니다."

　"맙소사……."

　"이럴 수가……."

　"이런……."

적멸가인과 요몽, 자미룡의 입에서 동시에 신음 소리가 새어 나왔다. 십광세의 입에서 흘러나온 말은 그만큼 충격적인 것이었다.

십팔광세의 아홉 명이 중원무림 전체의 우두머리 급 모두를 암살하러 왔다고 한다.

독고풍이 십광세에게 고전을 면치 못했다는 사실을 감안한다면 그들의 목적은 충분히 가능한 일이었다.

당금 중원무림을 대표하는 거대 세력인 무적방과 정협맹, 대동협맹의 우두머리들이 모두 죽었다고 가정해 보자.

중원무림에는 걷잡을 수 없는 일대 혼란이 벌어질 것이다.

그런데 대천신등은 무림 축에도 끼지 못하는 녹채박림의 연합체인 녹천대련의 총련주 녹천신왕까지 암살하려고 한다.

그것은 장차 녹천대련이 무서운 세력으로 성장할 것이라는 사실을 대천신등이 이미 포착하고 있었다는 의미이다.

녹천대련까지 포함하여 중원무림의 네 개 기둥의 우두머리가 암살을 당하여 사라진다.

그뿐이 아니다. 구파일방의 장문인과 정협맹 이십오맹숙, 중원삼십육태두가 모조리 암살을 당한다면 중원무림은 그야말로 공황상태, 무인지경이 되고 만다.

"몽 엄마."

그때 독고풍이 십광세를 주시하고 있으면서 누군가를 나직이 불렀다.
 그렇지만 아무도 대답하는 사람이 없다. 좌중에 '몽 엄마'라고 불릴 만한 사람이 없기 때문이다.
 그때 적멸가인이 의미있는 표정을 지으며 팔꿈치로 가볍게 요몽의 옆구리를 건드렸다.
 그러자 요몽은 '몽 엄마'가 자신을 지칭한다는 사실을, 그리고 왜 그렇게 불렀는지를 즉시 깨달았다.
 독고풍이 요마낭을 자신의 부인으로 인정하기 때문에 예전의 '몽 아줌마'라는 호칭이 '몽 엄마'로 바뀐 것이다.
 지금이 그런 상황이 아닌데도 요몽은 그 말에 크게 감격하여 갑자기 눈앞에 뿌옇게 변했다. 눈물이 고인 것이다.
 "몽 엄마, 왜 울어?"
 요몽이 대답이 없자 독고풍이 그녀를 쳐다보다가 의아한 표정을 지었다.
 아직도 여자의 미묘한 감정 변화에 대해서는 잘 모르는 그인지라 요몽이 감격했다는 사실을 꿈에도 모르고 있었다.
 "아… 닙니다. 하명하십시오, 주군."
 독고풍이 가볍게 눈살을 찌푸리자 요몽은 가슴이 덜컥 내려앉았다.
 "주군, 속하가 무슨 잘못이라도……"
 "어이, 장모. 자고로 사위는 반자지명(半子之名)이라고 했거늘, 어째서 아들에게 주군이라고 하는가?"

무릇 '사위를 아들과 다름이 없이 여긴다'라는 반자지명이라는 말은 독고풍이 은예상에게 학문을 배울 때 유심히 관심을 가졌던 말이라서 잊지 않고 있었다. 장차 많은 여자들을 부인으로 삼을 흉심이 그 당시부터 잠재되어 있었던 것인지는 모를 일이다.

'맞나?'

말을 해놓고 독고풍이 적멸가인을 힐끗 보면서 눈짓으로 묻자 그녀는 방그레 미소 지으면서 고개를 끄덕였다.

"자, 그러니까 나를 다시 불러봐."

"속하가 어찌……."

요몽은 황송한 표정으로 얼굴을 붉혔으나 속으로는 뛸 듯이 기뻤다.

적멸가인과 요몽, 강조 등은 독고풍의 의도를 충분히 짐작할 수 있었다.

십광세의 말 때문에 너무 놀라고 경직된 분위기를 바꿔보려는 의도인 것이다.

"어허! 어서 불러보래두!"

독고풍은 두 손을 허리에 얹고 짐짓 으름장을 놓았다. 스스로 사위라고 하면서 장모를 대하는 태도는 영 불손했다.

요몽은 기쁘고도 황송하여 작은 소리로 중얼거렸다.

"혀… 현서(賢壻)."

"응? 현서가 뭐야?"

"착하고 좋은 사위라는 뜻으로 사위를 사랑하는 장모가 부르는 호칭이에요."

적멸가인의 설명에 독고풍은 헤벌쭉한 얼굴이 됐다.

"헤헤… 내가 착하고 좋은 사위이기는 하지."

이럴 때의 그는 영락없는 무가내의 모습이다.

적멸가인이나 요몽, 강조 등은 사실 지금의 독고풍보다는 예전 무가내의 모습이 더 좋았기 때문에 모두들 담담한 미소를 떠올렸다.

"그런데 무엇 때문에 속하를 부르셨습니까?"

요몽이 의아한 표정으로 독고풍에게 물었다.

"어허! 장모가 현서에게 꼬박꼬박 존대를 해서는 안 되지."

독고풍이 또 엄포를 놓자 요몽은 쩔쩔매면서 조심스럽게 말을 바꾸었다.

"현… 서, 왜 나를 불렀는가?"

그러면서 그녀는 사지가 벌벌 떨리며 겁도 났지만 가슴이 터질 것처럼 기쁘기도 했다.

"아! 그렇지! 즉시 정협맹 북궁연에게 방금 들은 사실을 알려줘. 그리고 구파일방 장문인과 이십오맹숙, 중원삼십육태두 우두머리들에게도 알리고."

독고풍은 퍼뜩 생각이 나서 빠르게 지시했다.

요몽이 쏜살같이 밀실 밖으로 달려나간 후 독고풍은 다시 십광세에게 시선을 주었다.

그의 얼굴에 떠올라 있던 웃음기는 십광세를 쳐다보는 사이에 씻은 듯이 사라지고 대신 싸늘한 표정이 떠올랐다.

"중원에 함께 온 아홉 명 중에서 네가 우두머리냐?"

십광세부터 십팔광세까지 왔다고 하니까 그가 우두머리일 것이라고 짐작했다.

"그렇습니다."

"다른 여덟 명의 행동을 중지시킬 수 있느냐?"

"할 수 있습니다."

적멸가인과 강조 등의 얼굴에 안도의 기색이 얼핏 떠올랐다.

"암살 임무를 포기시킬 수도 있느냐?"

"못합니다."

"어째서냐?"

"내 권한으로는 그들의 임무를 얼마간 중단시킬 수 있는 정도입니다."

"중단시키려면 어떻게 해야 하느냐?"

"무창지로(武昌支路)에 암살 중지를 명령하면 그곳의 수하들이 여덟 명의 광세에게 연락할 것입니다."

"무창지로가 무엇이냐?"

"대천신등은 십여 년 전에 중원에 세 군데 지로를 세웠는데 북경과 낙양, 무창에 있습니다."

이것은 뜻하지 않은 새로운 사실이다.

사실 독고풍과 측근들은 대천신등이 중원무림에 대한 정보를 캐내고 조사하려면 중원에 근거지가 있어야 할 것이라고 막연히 짐작은 하고 있었으나 말 그대로 짐작일 뿐, 자세한 것은 알아내지 못했었다.

그런데 방금 우연치 않게 그것을 알게 되었다. 이것은 무적방, 아니, 중원무림으로서는 굉장한 수확이었다.

하지만 지금은 기뻐하기보다는 다른 것을 고민해야 할 때다.

여덟 명의 광세의 임무를 중단시키려면 십광세가 무창지로에 직접 가야 하는데, 무공이 폐지된 상태로 갔다가는 수하들의 의심을 받을 것이 분명한 일이다.

그렇게 되면 광세들의 임무를 중단시키기는커녕 모처럼 손에 넣은 십광세마저 잃게 될 수도 있다. 아직 그는 이용 가치가 많기 때문에 가볍게 포기할 수는 없었다.

그렇다고 무공을 회복시켜 주자니 제령수어법이 풀릴 위험이 있는 것이다.

제령수어법은 자신보다 공력이 낮은 사람에게만 전개할 수가 있다. 상대가 공력이 높으면 수법 자체가 먹혀들지 않기 때문이다.

그렇지만 지금은 좀 특수한 상황이다. 일단 십광세의 무공을 폐지한 다음에 제령수어법을 전개하여 심지를 제압했지만, 다시 무공을 회복시켜 주면 제령수어법이 유지될지 풀려 버릴지 분명하게 알 수가 없는 것이다.

예전에 이런 상황은 한 번도 없었고, 제령수어법을 전수해 준 만독신군도 지금과 같은 경우에 대해서는 별다른 설명이 없었다. 하긴, 만독신군이 순순히 전수해 주었다기보다는 독고풍이 협박하여 강제로 탈취했기 때문에 자세한 설명을 들을 여유가 없었다.

그렇다고 십광세의 무공을 회복시켜 주어 제령수어법이 풀릴 것에 대비하여 무슨 장치를 해둘 만한 수법 같은 것도 없는 상태다.

독을 쓴다고 해도 별로 소용이 없다. 무공이 회복되고 또 제령수어법이 풀려 버리면 해독을 하는 것쯤은 십광세 정도의 초절고수에겐 어려운 일이 아니었다.

독고풍이 적멸가인을 처음 만났을 때 사용했던 수법, 즉 한 움큼의 공력을 상대 체내에 주입시켜서 언제든지 마음대로 부릴 수 있는 전사이체령 역시 자신보다 공력이 낮은 상대에게만 전개할 수 있다.

어쨌든 독고풍은 십광세의 무공을 회복시켜 주는 것으로 결단을 내렸다.

일을 진행하다가 말고 엉거주춤하거나 무엇이 겁나서 일을 추진하지 못하는 것은 그의 성미에 맞지 않는다.

"모두 나가라."

그의 조용한 말에 강조와 자미룡, 냉운월은 즉시 밀실에서 나갔지만 적멸가인은 독고풍 옆에 계속 서 있었다.

"정아, 너도 나가라."

독고풍의 말에 적멸가인은 움찔 놀랐다.

"어쩌시려고요?"

독고풍은 고개를 끄덕였다.

"괜찮아. 나가서 철문을 닫고 기다려라."

적멸가인이 염려스러운 표정으로 바라보았지만 그는 십광세에게 시선을 고정시킨 채 그녀에게 눈길도 주지 않았다.

적멸가인은 무엇으로도 그의 고집을 꺾을 수 없다는 것을 잘 알고 있다.

그리고 방금 그의 말은 부탁이 아니라 명령이었다. 그러므로 나갈 수밖에 없는 것이다.

쿵!

적멸가인이 나가고 철문이 닫히자 독고풍은 즉시 십광세에게 다가가 추호도 망설임없이 붕혈쇄맥술을 풀어주었다.

어찌 됐든 일단 결정한 일에 대해서는 미련을 갖지 않는 것 또한 그의 성격이다.

"으으······."

점혈 수법이 풀리자 십광세는 온몸을 세차게 떨면서 신음 소리를 흘렸다.

독고풍은 즉시 뒤로 세 걸음 물러나며 공력을 잔뜩 끌어올려 두 손에 모았다.

스으으…….

순식간에 그의 두 손이 먹처럼 새카맣게 변했다. 체내에 지니고 있는 독 중에서 가장 지독한 극정절독을 양손에 모은 상태다. 여차하면 십광세에게 발출하려는 것이다.

그 상태에서 독고풍은 십광세의 두 눈을 뚫어지게 주시했다. 만약 제령수어법이 풀어진다면 그 즉시 눈빛이 달라지기 때문이다.

십광세의 떨림이 잦아들더니 이윽고 멈추었다. 그리고 그는 조금 전과 다름없이 물끄러미 독고풍을 응시했다.

눈빛은 변함이 없다. 다행히 제령수어법은 풀리지 않았다.

이로써 한 가지 사실이 입증됐다. 상대가 아무리 공력이 높다고 해도 일단 제령수어법에 제압되고 나면 맥을 못 춘다는 것이다.

독고풍은 십광세를 주시하며 조용히 입을 열었다.

"나는 주인이고 너는 종이다."

이어서 확인했다.

"뭐라고 했느냐?"

십광세는 지체없이 덤덤하게 대답했다.

"당신은 주인이고 나는 종입니다."

설혹 눈빛이 다르다고 해도 십광세 정도 되는 인물이 독고풍을 속이려고 제 입으로 종이라고 말할 리 만무하다.

독고풍은 즉시 명령했다.

"즉시 무창지로에 가서 다른 광세들의 임무를 중단시켜라."

"알겠습니다."

십광세는 뻣뻣한 자세로 대답하더니 즉시 열려 있는 철문 쪽으로 성큼성큼 걸어갔다.

그긍!

십광세가 철문을 열고 나가자 적멸가인과 강조 등이 긴장된 표정으로 여차하면 공격할 태세를 갖추고 그를 주시했다.

"운월, 이놈을 대로까지 안내해 줘."

"존명."

독고풍의 말에 냉운월이 즉시 통로를 쏘아가자 십광세가 그 뒤를 그림자처럼 따랐다.

독고풍은 강조와 자미룡을 번갈아 쳐다보다가 자미룡에게 명령했다.

"진아; 저놈을 감시하고 무창지로라는 곳을 자세하게 조사해라."

강조보다는 자미룡의 경공이 더 뛰어나기 때문이다.

第九十六章
마누라 길들이기

십광세와 십일광세는 같은 시간에 무창지로를 나섰었다.

그래서 십광세는 무창으로 오고 있다는 혈풍신옥을 암살하러 출발했으며, 십일광세는 정협맹주를 죽이러 악양으로 향했었다.

그리고 유시(酉時:저녁 6시) 무렵에 십일광세는 악양 포구에 당도했다.

맞은편 오백여 장 거리에 정협맹이 있는 군산이 손에 잡힐 듯이 가깝게 보였다.

하지만 그는 군산을 잠시 주시하다가 발길을 돌렸다. 한여름의 해가 지려면 지금부터 반 시진은 기다려야 하고, 완전히 어두워지려면 한 시진 이상은 족히 기다려야만 한다.

십일광세가 아무리 초절고수라고 해도 사방이 환한 상황에서 혈혈단신 정협맹으로 향할 수는 없는 일이었다.

표적 한 명을 죽이는 것은 암살이지만, 수백, 수천 명을 상대로 싸우는 것은 전투다. 그는 전투를 하러 중원무림에 온 것이 아니다.

오래지 않아서 대지에 밝음이 사라지면 정협맹주의 목숨도 사라질 것이다.

십일광세가 포구 근처에 있는 어느 주루로 막 들어갔을 때 한 마리 비둘기가 허공을 가로질러 곧장 군산을 향해 쏜살같이 날아갔다.

동이 트기 훨씬 전부터 시작되어 하루 종일 쉴 새도 없이 이어진 무공 연마가 끝난 것은 어스름 땅거미가 지기 시작할 무렵이었다.

북궁연은 온몸에 찬물을 끼얹어 땀을 식힌 후에 모처럼 짧은 휴식 시간을 정협총각 삼층 집무실 창가에 서서 밖을 내다보며 보내고 있었다.

예전에는 지금처럼 한가한 시간이 되면 으레 기다렸다는 듯이 사매 적멸가인의 모습이 떠올랐었는데 지금은 전혀 다른 사람이 떠오른다.

닷새 전에 불쑥 정협맹에 들이닥쳐서 북궁연을 비롯한 많은 인물들에게 너무나도 강한 인상을 심어준 무적방주 혈풍신옥이다.

혈풍신옥은 짧은 시간 동안 실로 많은 것을 보여주고 또 깨닫게 해주었다.

그 자리에 있었던 북궁연을 비롯한 정협맹의 수뇌부들은 한결같이 혈풍신옥에게 매료됐었고 또 그를 굳게 신임하게 되었다.

그렇지만 북궁연은 또 다른 미묘한 감정을 혈풍신옥에게 품고 있었다.

그의 사매였고 연인이었던 적멸가인이 혈풍신옥의 부인이 돼서 나타났기 때문이다.

처음에는 혈풍신옥에게 극심한 질투와 분노를 느꼈던 것이 사실이다. 그것은 한 여자를 진심으로 사랑하는 남자로서의 감정이었다.

그런데 차츰 시간이 지나면서 북궁연은 혈풍신옥에게 매료되어 갔으며, 결국 마지막에는 혈풍신옥이 일파지존으로서, 무인으로서, 그리고 한 명의 사내로서 흠 잡을 데가 없는 대장부라는 사실을 인정할 수밖에 없게 되었다.

북궁연 자신과 혈풍신옥을 냉정하게 비교해 봤을 때, 자신이 많이 부족하다는 사실을 깨달았고 또 인정했다.

남자로서, 특히 북궁연처럼 절대적인 지위에 있는 사람이 그런 것을 인정한다는 사실은 매우 어려운 일이다.

조금이라도 편협하고 이기적인 성격의 소유자라면 절대로 자신의 못남을 인정할 수 없을 것이다. 그런 점에서 북궁연은 멋진 사내라고 할 수 있었다.

그는 적멸가인이 어째서 자신보다 혈풍신옥을 선택했는지도 알 수 있을 것 같았다.

그가 보기에 혈풍신옥은 어느 여자라도 반할 만큼 근사한 사내였기 때문이다.

그리고 목숨처럼 사랑했던 여자를 뺏기고 나서 이처럼 기분이 좋으리라는 것은 짐작조차 하지 못했다.

문득 북궁연은 그 당시에 혈풍신옥이 했던 말 중에 어떤 것을 떠올렸다.

"죽은 영웅 따윈 소용없어. 그러니까 우린 대천신등을 깨부수고 나서도 오래오래 살자구. 벽에 벅벅 똥칠해 가면서 중원의 모든 사람들에게 영웅 대접받아 가면서 잘 먹고 잘살아야지, 암!"

예의범절에 구속되지 않는 번문욕례(繁文縟禮)한 성격의 혈풍신옥다운 말이었다.

"하하!"

북궁연은 자신도 모르게 나직하게 웃었다. 벽에 벅벅 똥칠해 가면서 잘 먹고 잘살자니, 생각할수록 우스웠다.

그때 문이 열리면서 화영이 들어서다가 웃고 있는 북궁연을 보며 의아한 표정을 지었다.

"맹주, 무슨 좋은 일이 있으십니까?"

북궁연은 가볍게 웃으면서 고개를 끄덕였다.

"하하! 영 제, 우리 벽에 벅벅 똥칠할 때까지 잘해보세."

느닷없는 말에 화영은 어리둥절한 표정을 짓는 것 같더니 곧 그것이 혈풍신옥이 했던 말이라는 것을 깨닫고 마주 빙그레 미소 지으며 운을 뗐다.

"괜찮은 사내지요?"

북궁연은 고개를 가로저었다.

"아냐."

"네?"

"괜찮은 정도가 아니라 정말 근사한 사내야."

"아······."

화영은 자신이 혈풍신옥을 마음에 들어하는 것보다 북궁연이 더 그를 좋아하고 있다는 사실을 알았다.

화영은 자세를 바로 하고 보고를 했다.

"맹주, 정협삼단 삼천 명 중에서 고강한 최정예로 이천 명을 선발했습니다."

북궁연은 얼굴에서 웃음을 지우지 않은 채 고개를 끄덕였다.

"음, 수고했네."

"그런데… 맹주의 독문절학을 그들에게 전수하시려는 뜻은 변함이 없으십니까?"

화영이 조심스럽게 묻자 북궁연은 뒷짐을 지며 그를 향해 돌아섰다.

"혈풍신옥이 싸워봤다는 팔혼낭차들은 대천신등의 하위인 여덟 번째 등급일세. 그런 그들이 그 정도로 강하다는 것은 충격일세. 더구나 팔혼낭차보다 더 강한 자들이 일곱 등급에 오만여 명이나 되고, 팔혼낭차를 비롯하여 구등급과 십등급이 이십여만 명에 달한다는 사실을 알게 됐을 때 나는 중원무림이 대천신등의 재침공을 도저히 감당해 내지 못할 것이라는 절망에 빠졌었네."

그 당시에 화영 역시 북궁연과 같은 심정이었다. 아니, 그 자리에 있는 모든 사람이 같은 심정이었을 것이다.

"그런데 혈풍신옥이 무적방과 정협맹, 대동협맹이 연합하여 오히려 대천신등을 급습하자는 제안을 했을 때에는 정말이지 깊은 늪에 빠져 있다가 구원을 받은 기분이었네. 그때 중원무림의 희망을 보았지."

"속하도 그랬었습니다."

"혈풍신옥이 말은 하지 않았으나 그 역시 무적방에서 선발한 정예고수들에게 자신의 절학을 아낌없이 전수하고 있을 것이라는 생각이 드네."

"아……."

북궁연은 조용한 어조로 말을 이었다.

"그는 말했었네. 일만 오천여 리나 멀리 떨어진 서장까지 가서 대천신등을 급습하려면 일당백의 최정예고수가 필요하며, 그렇지 않은 사람들을 데리고 가면 오히려 짐이 될 것이라고 말일세."

"그렇지요."

그 말에 백번 공감하는 화영이 고개를 끄덕였다.

"시일이 촉박하네. 게다가 우리 쪽은 최정예고수들을 다 모아봐야 채 오천여 명도 되지 않을 것 같네. 그렇게 적은 수로 대천신등을 공격하려면 도대체 얼마나 강해야 하겠는가? 자넨 내가 알고 있는 절학들을 본 맹에서 선발된 수하들에게 전수하려는 이유를 아직도 모르겠나?"

화영은 엄숙한 표정으로 고개를 숙였다.

"아닙니다. 속하의 생각이 너무 짧았습니다."

그때 문이 열리고 하녀 한 명이 안으로 들어섰다.

그녀는 원래 북궁연의 시중을 드는 하녀이기 때문에 두 사람은 별로 신경을 쓰지 않았다.

하녀가 곧장 빠른 걸음으로 두 사람에게 다가왔다.

그녀가 가까이 다가와서야 두 사람은 약간 이상하다는 생각이 들었다.

왜냐하면 하녀가 두 사람에게 차를 대접하기 위한 도구도 갖추지 않았으며, 또 몹시 빠른 걸음이었고 표정이 매우 딱딱하게 굳어 있었기 때문이다.

 더구나 그녀는 두 사람 가까이 이르러 멈추더니 예를 갖추지도 않은 채 꼿꼿한 자세로 북궁연을 쳐다보았다.

 "맹주."

 두 사람이 가볍게 의아한 표정을 짓고 있는데, 하녀가 불쑥 북궁연을 불렀다.

 평소 북궁연과 사람들이 알고 있는 그녀는 몹시 수줍음이 많고 나긋나긋한 성격인데, 지금은 마치 시비를 거는 사람처럼 경직된 모습이어서 북궁연과 화영은 적이 이상한 생각이 들었다.

 슥…….

 "이것을 읽어보십시오."

 그런데 그녀가 손에 쥐고 있던 서찰 한 통을 불쑥 북궁연에게 내밀었다.

 "이게 무엇이오?"

 평소에 일개 하녀에게도 예의를 갖추는 북궁연이다.

 "읽어보시면 아시게 될 것입니다."

 하녀 역시 평소의 조곤조곤한 말투가 아니라 찬바람이 일 정도로 딱딱한 어조다.

 북궁연이 하녀를 쳐다보자 그녀는 마치 꼭 닫혀 있는 조개처럼 요지부동의 모습이었다.

 북궁연은 하녀가 내민 서찰이 자신의 하소연이나 동료의

진정서 같은 것이라고 여겨 가볍게 손을 저었다.

"나중에 한가할 때 읽을 테니 물러가시오."

그러자 하녀는 비로소 서찰의 발신인을 밝혔다.

"주군이신 무적방주께서 맹주께 보내신 서찰입니다."

북궁연과 화영은 적잖이 놀라 하녀와 서찰을 번갈아 쳐다보았다. 주군이신 무적방주라니, 대체 어찌 된 영문인지 감이 잡히지 않았다.

"원래 그대는 무적방 사람이었소?"

화영이 돌처럼 굳은 표정으로 날카롭게 묻자 하녀는 고집스러우면서도 정중함을 잃지 않으며 말했다.

"화급을 다투는 일이라고 하셨습니다. 어서 서찰을 읽어보십시오."

그 말에 두 사람은 퍼뜩 정신을 차렸다. 하녀의 신분이 어찌 됐든, 혈풍신옥이 보낸 서찰이고 화급을 다투는 것이라면 필경 중차대한 일일 것이기 때문이다.

북궁연은 빠른 동작으로 밀봉을 찢고 서찰을 꺼내 읽기 시작했다.

마음이 조급한 탓에 화영은 결례를 무릅쓰고 옆에 서서 함께 읽었다.

서찰을 읽는 두 사람의 표정이 점점 놀라움으로 물들더니, 이윽고 다 읽고 나서는 얼굴 가득 극도의 긴장과 놀라움이 범벅되어 떠올랐다.

서찰의 말미에는 '요마삼군단주'라는 서명이 적혀 있었다.

하녀의 말처럼 혈풍신옥이 보낸 서찰은 아니지만 그의 명령으로 수하인 요마삼군단주가 보냈을 것이라는 짐작이 가능했다. 천하에서 '요마'라는 말은 오직 무적방만이 사용하기 때문이다.

북궁연과 화영은 팽팽하게 긴장된 표정으로 서로의 얼굴을 마주 보았다.

그러는 사이에 방금 서찰에서 읽은 엄청난 내용들이 다시금 반추되어 머릿속에서 되새겨졌다.

혈풍신옥이 무창성 근처 한양현 밖에서 불의의 암습을 받았으며, 암습자는 혈풍신옥을 능가하는 초절고수라는 것.

위험을 당했으나 혈풍신옥이 적멸가인의 도움으로 어렵사리 암습자를 제압했다는 것.

암습자의 신분은 대천신등 십팔광세 중 십광세고, 십광세부터 십팔광세까지 아홉 명이 중원무림에 들어왔으며, 그들의 목적은 무적방주, 정협맹주, 대동협맹주, 녹천신왕, 구파일방 장문인, 이십오맹숙, 중원삼십육태두의 우두머리들을 암살하는 것.

정협맹주를 암살하려는 자는 십일광세이며, 암살에 철저히 대비할 것 등의 내용이었다.

문득 북궁연의 입술이 비틀어지면서 차가운 중얼거림이

흘러나왔다.
"이놈들, 야비한 수작을 부리는군."
화영이 긴장한 얼굴로 입을 열었다.
"맹주, 놈은 어두워지면 야음을 틈타 급습할 것입니다. 속히 대책을 세워야 합니다."
북궁연은 고개를 끄덕이며 진중히 말했다.
"좋은 생각이 있네."
이어서 하녀를 쳐다보며 여유있는 미소를 지었다.
"무적방주에게 내 말을 전해주겠소?"
"말씀하십시오."
북궁연은 그녀를 하녀가 아닌 혈풍신옥의 수하로서 대우하고 있었다.
"방주의 배려에 큰 감사를 드리고, 암습자에 대해서는 염려하지 마시라고 전해주시오. 미리 알려주었기 때문에 충분히 대비할 수 있을 것 같다고 말이오."
하녀가 가볍게 고개를 숙인 후 물러가려 하자 북궁연이 그녀를 불러 세웠다.
"당신은 누구요?"
하녀는 당당하게 서서 의연하게 대답했다.
"무적방 요마삼군단 휘하 제이군단 칠소단주(七小團主)입니다."
"여태까지처럼 내 곁에 머물러 주시오. 당신을 통해서 무적방주와 서신을 교환하고 싶소."
 북궁연은 칠소단주가 하녀로서 그의 시중을 든 것이 이 년쯤 된 것으로 기억하고 있었다.
 그것은 그녀가 지난 이 년 동안 북궁연의 일거수일투족을 감시하고 있었다는 뜻이다.
 그런 사실을 알고 화가 날 만도 한데 북궁연은 오히려 미소를 지었다.
 무적방은 이제 더 이상 적이 아니고, 자신을 감시하고 있었던 것이 지금은 오히려 득이 되고 있었기 때문이다.
 "그래주겠소?"
 칠소단주는 꼿꼿하면서도 정중함을 잃지 않으며 대답했다.
 "총단주께서 허락하시면 그러겠습니다."
 총단주란 요마삼군단의 총책임자이며 선화루주인 요몽을 가리킨다.

* * *

 "그러셨군요."
 독고풍의 설명을 듣고 난 적멸가인은 잔잔한 눈빛으로 그를 바라보았다.
 "무슨 방법이 없겠어?"

적멸가인은 총명하게 눈을 빛냈다.
"예로부터 내단을 용해할 때 주로 사용하는 은밀한 수법이 있기는 해요."
"있어?"
독고풍은 반색을 하더니 곧 의아한 표정을 지었다.
"그런데 어째서 은밀한 수법이라는 거지?"
적멸가인은 살짝 뺨을 붉히며 의자에서 일어나 독고풍에게 다가가 그의 허벅지에 마주 보고 앉았다.
"가르쳐 주고 싶지 않아요."
그녀는 독고풍의 머리를 잡아 자신의 풍만한 젖가슴에 묻고는 그의 머리에 입술을 비비며 약간 질투 어린 목소리로 중얼거렸다.
독고풍은 그녀의 어깨를 잡고 상체를 떼어내며 의아한 표정을 지었다.
"어째서?"
적멸가인의 눈에 언뜻 서글픈 기색이 스쳤다. 하지만 곧 방그레 미소 지었다.
"농담이에요."
"그런 줄 알았어. 그래, 무슨 수법으로 내 뱃속에 있는 내단을 녹이는 거야?"
"순음지기(純陰之氣)가 있어야 돼요."
"나한테 있어."

적멸가인은 손으로 독고풍의 **뺨**을 부드럽게 쓰다듬었다.
"그것은 무공 연마로 얻어진 극음지기예요. 제가 말하는 순음지기는 여자의 몸속에 있는 기운이에요."
독고풍은 의아한 표정을 지었다.
"그것으로 어떻게 내단을 녹인다는 거야?"
대화를 나누고 있는 중이지만 독고풍의 음경은 적멸가인이 허벅지 깊은 곳으로 지긋이 누르고 또 가만가만히 비벼대는 것에 반응하여 금세 단단하게 커졌다.
하지만 독고풍 자신은 그런 것에는 조금도 신경을 쓰고 있지 않고 오직 내단을 녹이는 것에만 관심이 있을 뿐이었다.
그러나 적멸가인은 그의 커진 음경이 자신의 은밀한 부위를 찌르자 몸이 뜨겁게 달아오르기 시작했다.
그녀는 내단을 용해하는 수법에 대해서 말하고 싶지 않다는 생각이 강하게 들었다.
그렇지만 그럴 수는 없다. 내단을 용해하는 것은 독고풍에게 너무도 중요한 일이기 때문이다.
"여자의 몸속에 있는 순음지기와 남자의 극양지기가 합쳐지는 순간에 천마신위강을 운공조식하여 내단을 용해하고 그 즉시 자신의 공력과 합치면 돼요."
차분하려고 애쓰면서 그렇게 말하는 적멸가인의 표정은 왠지 쓸쓸한 것 같았다.
"하하! 간단하구나! 그럼 어서 너의 순음지기를 내게 줘!"

독고풍은 환하게 웃으며 손바닥을 펼쳐서 내밀었다. 마치 순음지기를 적멸가인 몸속에서 꺼내 손바닥에 올려놓으라는 것 같았다.

"풍 랑, 순음지기는 그렇게 줄 수 있는 것이 아니에요. 설혹 줄 수 있다고 해도 그것만 갖고는 아무 쓸모가 없어요."

독고풍은 이해하기 어렵다는 표정을 지었다.

"무슨 소리야? 도대체 순음지기가 어디에 있는데 그래?"

"여기에요."

적멸가인은 눈을 내리깔면서 자신의 배를 굽어보았다.

독고풍이 그녀의 배를 손가락으로 쿡 찔렀다.

"단전에 있어?"

"조금 더 아래예요."

"여기?"

"조금 더 아래."

"여… 기?"

"조금만 더."

독고풍은 치마 속으로 손을 집어넣어 수북한 털로 덮여 있는 치골(恥骨)을 눌렀다.

"여기야?"

"거기에서 반 뼘 더 아래."

독고풍의 손이 그녀의 속곳 속으로 들어가 치골에서 정확하게 반 뼘 아래를 쿡 찔렀다.

"여기… 응? 뭐야, 이건?"

그는 손가락이 어딘가로 쑥 미끄러져 들어가자 그제야 그곳이 어딘지를 깨달았다.

"순음지기라는 것이 이 안에 있는 거였어?"

그는 그 속에 있는 순음지기를 끄집어내려는 듯 손가락을 꼼지락거렸다.

적멸가인은 얼굴이 빨개져서 할딱거렸다.

"아아… 네에… 그 속 깊은 곳에 있어요……."

그때 독고풍의 머리를 번쩍 스치는 것이 있었다.

"정아, 혹시 내 극양지기와 순음지기가 합쳐져야 한다는 것은 정사하는 것을 말하는 거냐?"

"하아아… 네에……."

"에이~! 진작 얘기하지. 당장 하자."

독고풍은 적멸가인이 뭐라고 하기도 전에 자신의 바지를 훌렁 벗고 적멸가인의 속곳을 잡아채서 벗기더니 벼락같이 삽입을 해버렸다.

"자, 이제 줘봐."

적멸가인은 온몸이 불덩어리처럼 뜨거워졌다. 그런 상황에서 이성을 차리기 위해 그녀는 모진 노력을 했다.

"그… 그게 아니에요. 하아……."

"뭐가 아냐?"

"저한테 있는 순음지기는… 쭉정이에요……."

"쭉정이?"

"그러니까… 가짜라고요. 하악! 하아……."

"이런~ 진작 말하지."

순간 적멸가인 몸속에 꽉 차 있던 그 무엇이 쑥 빠져나가고 순식간에 허전함이 밀려들었다.

"당신… 너무해요, 정말."

그런다고 갑자기 뺄 것까진 없지 않느냐고, 그녀의 원망스러운 표정이 말했다.

그러나 내단을 녹이는 일에 온 정신이 팔려 있는 독고풍에게 적멸가인의 하소연이 먹힐 리가 없었다.

"너한테 있는 순음지기는 왜 쭉정이야?"

"저도 한때는 싱싱한 순음지기를 갖고 있었어요."

"그런데?"

"그런데 당신이 뺏어갔지요."

독고풍은 어이없다는 표정으로 두 팔을 벌려 보였다.

"내가 언제? 나는 그런 것 본 적도 없어."

적멸가인은 아직 아랫도리를 벌거벗고 있는 독고풍의 그 녀석이 하늘로 고개를 든 채 힘차게 끄덕거리고 있는 것을 하얗게 흘겨보았다.

"물론 당신은 본 적이 없겠지요. 저 녀석이 보고, 또 가져갔으니까요."

독고풍은 자신의 음경을 힐끗 보다가 무언가를 깨달은 듯 고개를 끄덕였다.

"혹시 그럼 그 순음지기가 지금 내 몸속에 있는 건가?"

적멸가인은 이제는 그를 이해시켜 줄 때라고 생각했다.

"당신이 방금 떠올린 생각이 맞아요. 그래요. 순음지기는 순결한 여자의 몸에만 있어요. 당신과 처음 육체 관계를 맺었을 때 저의 순음지기는 당신의 몸속으로 흘러들어 갔어요."

독고풍은 팔짱을 끼고 고개를 끄덕이며 계속 설명하라는 표정을 지었다.

"하지만 순음지기는 당신의 몸속에 들어가자마자 극양지기에 의해서 녹아버려 산산이 흩어져 버렸어요."

"흩어져?"

"사라졌다는 뜻이에요. 순음지기는 여자의 몸속에 있을 때에만 순음지기로서의 기능을 지니고 또 발휘해요. 몸 밖으로 나가면 사라져 버리지요."

"그렇군."

독고풍은 알 것 같다는 듯 고개를 끄덕였다.

"그렇다면 내단을 녹이려면 나는 이제부터 순결한 여자를 찾아서 정사를 해야 하는 것이로군?"

적멸가인의 표정이 서글퍼졌다.

"네."

독고풍은 생각하는 듯한 표정을 지으며 손가락으로 탁자를 두드렸다.

"그런 여자가 내 곁에 누가 있지?"

슬픔을 참고 있던 적멸가인이 갑자기 발끈해서 뾰족해서 소리쳤다.

"당신은 알고 있으면서 왜 엉큼하게 모른 체하는 건가요?"

"내가?"

적멸가인의 갑작스런 반응에 독고풍은 살짝 놀라면서 또 당황했다.

그는 여자가 자신에게 화를 내는 것에 익숙하지가 않다. 특히 부인의 경우는 더욱 그렇다.

이것은 화를 내는 적멸가인에게나 그것을 받아들이는 독고풍, 둘 다에게 첫 경험이다.

이 상황에서 누가 수세를 취하느냐에 따라서 이후 이런 일이 계속 벌어질 수도, 아니면 이것으로 종지부를 찍을 수도 있을 것이다.

적멸가인은 독고풍에게는 모든 것을 다 양보하고 또 희생할 것이라고 결심했으나, 세상일이란 뜻대로 되지 않는 일이 왕왕 일어나게 마련이다.

그녀도 자신이 질투에 이토록 민감한 반응을 보일 줄은 미처 몰랐다.

발끈 화를 내고 있는 중에도 이래서는 안 된다고 스스로를 타일렀지만, 그것보다는 질투심이 더 컸다.

원래 질투와 분노는 사촌 간이다. 질투는 분노를 부르고,

화를 내다 보면 분노가 점점 더 커진다. 그러다 보면 질투가 분노보다 더 커져 있는 것을 발견하게 되고, 그것보다 더 큰 분노가 폭발하고 만다. 그래서 질투와 분노는 불가분의 관계를 맺고 있는 것이다.

적멸가인의 질투와 분노는 점점 더 커지고 있는 데 반해서, 독고풍은 아직 어떻게 대처해야 할지 판단을 내리지 못하고 있었다.

적멸가인은 너무 화가 나서 두 눈에 눈물까지 가득 고였다.

"당신 주위에 순결한 몸을 갖고 있는 여자는 자미룡밖에 더 있나요? 설마 그것을 몰랐다고 하진 않겠죠?"

목소리가 점점 더 뾰족하게 변하면서도 그녀는 아직 독고풍의 허벅지에서 내려가고 싶은 마음은 없는 듯했다.

"당신이 당하대혈전 때 자미룡에게 네 번째 부인으로 맞이하겠다고 약속했다는 사실을 알고 있어요."

"그건 말이야······."

독고풍은 아내를 너무 사랑해서 마음을 다치게 하고 싶지 않은 애처가의 모습을 보이기 시작했다.

"이제라도 솔직하게 말씀해 보세요. 사실은 당신도 자미룡을 좋아하고 있죠? 그래서 그녀를 네 번째 부인으로 맞이하고 싶은 거죠?"

"정아."

적멸가인의 하얀 얼굴이 이 순간 더욱 창백하게 변했고, 그

뺨으로 눈물이 흘러내렸다.

그녀의 눈물을 발견한 독고풍은 자신이 그녀의 마음을 아프게 했다는 생각에 괴로웠다.

그래서 그녀의 허리에 팔을 두르고 바짝 끌어당겼다.

"울지 마라, 정아."

"소녀가 울든 말든 풍 랑이 무슨… 아!"

그녀는 더욱 섧게 울다가 갑자기 탄성을 터뜨리면서 눈과 입을 커다랗게 벌렸다.

조금 전에 그녀의 몸에서 빠져나갔던 녀석이 다시 슬그머니 들어온 것이다.

"당신……"

적멸가인은 울먹거리면서도 흥분으로 얼굴이 빨개져서 요염하게 독고풍을 흘겨보았다.

독고풍은 두 손을 치마 속으로 넣어 그녀의 엉덩이를 부드럽게 잡고 천천히 허리를 움직이면서 부드러운 얼굴과 달콤한 목소리로 속삭였다.

"정아, 네가 싫어하는 일은 절대 하지 않을게. 내단 같은 것은 녹이지 않아도 된다. 그러니까 울지 마라, 응?"

그의 움직임이 점점 더 빨라지면서 적멸가인은 온몸이 용암처럼 뜨겁게 녹아버리는 쾌감과 함께 절정으로 치달렸다.

한바탕 거센 광풍이 휘몰아치고 지나간 후, 적멸가인은 땀에 흠뻑 젖은 얼굴을 독고풍의 어깨에 묻고 가쁜 숨을 몰아쉬며 속삭였다.

"하아… 하아… 소녀가 잘못했어요. 당신이 소녀를 이렇게 많이 사랑하고 계신 줄은 몰랐어요. 그리고 당신이 순전히 내 단 때문에 자미룡을 생각해 냈다는 사실을 알게 됐어요."

독고풍은 입안에 물고 있는 적멸가인의 유두를 혀로 살살 유린하면서 침묵을 지키고 있었다.

"앞으로는 무엇이든… 당신이 시키는 대로만 하겠어요. 사랑해요, 풍 랑……."

순종하는 여자는 무조건 아름답다. 그것을 독고풍은 방금 깨달았다.

그는 적멸가인을 깊숙이 꼭 품에 안았다.

"하악!"

그러자 갑자기 그녀가 숨이 끊어지는 듯한 소리를 냈다.

독고풍이 그녀를 너무 깊이 끌어안는 바람에, 아직도 그녀의 몸속에 있던 그 녀석이 아주 깊이 들어가 버린 것이다.

오늘, 독고풍은 무척 중요한 교훈을 얻었다.

여자가 화를 내거나 상심해 있을 때에는 부드럽게 위로해야 한다는 것.

그러면서 깊숙이 찔러주면 무엇이든 양보하고 희생한다는 사실이다.

*　　*　　*

무적검절 태무천은 술시(戌時:밤 8시) 조금 넘어서 선화루에 도착했다.

그는 더 일찍 올 수도 있었지만 자신이 서두른다는 인상을 주기 싫어서 일부러 천천히 왔다.

그런데 무창성에 도착하기 오십여 리 전부터 그들에게 이상한 일이 한 가지 생겼다.

모습을 보이지 않는 최소한 백 명 이상의 상급 일류고수들이 태무천 일행을 멀찍이에서 포위한 상태를 유지한 채 같은 속도로 이곳 무창까지 함께 왔다는 사실이다.

그들 백여 명의 모습은 보이지 않았다. 하지만 태무천과 일행들은 하나같이 절정고수들이므로 백여 명의 존재를 생생하게 감지할 수 있었다.

그러나 그들 백여 명은 아무런 행동을 취하지 않았다. 그저 태무천 일행을 포위한 상태에서 묵묵히 같은 방향으로 이동하고 있을 뿐이었다.

그런 점에서 그것은 포위라기보다는 호위에 가까웠다.

그렇게 무창성 선화루에 도착했을 때 백여 명은 감쪽같이 사라졌다.

그래서 태무천 일행은 그들이 선의를 갖고 자신들을 호위했던 것이고, 아마도 혈풍신옥이 보냈을 것이며, 영접하는 의전 형태라고 생각하게 되었다.

오늘 선화루는 영업을 하지 않는다. 당금 무림의 두 거목인 무적방주와 대동협맹주가 선화루에서 밀담을 할 예정이기 때문이다.

선화루 오층 한복판의 큰 방에는 여러 인물들이 벽을 등진 채 이 장의 거리를 두고 서로 마주 보며 앉아 있었다.

한쪽에는 독고풍과 적멸가인이 나란히 앉았고, 옆에 요몽한 사람이 서 있었다.

맞은편에는 복판에 무적검절 태무천이 앉았으며, 좌우에는 한 명의 노승과 노도사가, 그리고 노도사 옆에는 무당 장문인 광양자가 앉아 있었다.

노승은 오령불노(五靈佛老)의 첫째인 신령불사(神靈佛師)이고, 노도사는 도현삼진(道玄三眞)의 첫째인 극현 진인(極玄眞人)이다.

두 인물은 과거 태무천이 정협맹주였던 시절에 그의 좌우호법이었으며, 지금도 역시 같은 지위에 있었다.

신령불사는 중원의 모든 불가인(佛家人) 중에서 최고 배분이고, 극현 진인은 모든 도가인(道家人)의 최고봉에 있다.

태무천은 명실상부한 강호유림계의 절대자이고, 신령불사와 극현 진인은 불도진명계의 양대 거두이며, 독고풍은 사독요마의 절대자이니, 지금 이 자리에는 당금 무림을 지탱하고 있는 네 기둥이 모두 모여 있는 것이다.

극현 진인 옆에 앉아 있는 광양자는 전면의 독고풍을 보면서 보일 듯 말 듯 반가운 표정을 지었다.

그는 한 달여 만에 독고풍을 다시 만난 것을 몹시 반가워하는 기색이 눈빛에 어른거렸다.

그러나 자리가 자리니만큼 더 이상의 표현이나 말은 하지 못하고 꼿꼿한 자세로 앉아 있을 뿐이었다.

광양자의 사부인 무현 진인은 극현 진인의 사제다. 그러므로 광양자에게 극현 진인은 사백조의 신분인 것이다.

좌중에는 오랫동안 무거운 침묵이 흐르고 있었다. 무림사에 다시없을 역사적인 만남이니 모두들 중압감을 느끼고 있는 듯했다.

대동협맹 쪽 인물들의 시선은 한결같이 독고풍에게 집중되어 있었다.

태무천은 오랜만에 만나는 사랑스런 여제자 적멸가인이 있음에도 그녀에겐 아직 한차례도 시선을 주지 않았다. 그녀보다는 혈풍신옥이 차지하고 있는 비중이 워낙 크기 때문일 것이다.

이들 앉아 있는 위쪽은 지붕이다. 그리고 지붕 곳곳에는 백여 명의 상급 일류고수가 은신해 있었다.

그리고 태무천 일행은 그 사실을 감지했다. 그들은 지붕의 백여 명이 이곳까지 오는 동안 자신들을 수행했던 그 백여 명이라고 짐작했다.

지붕뿐만이 아니라 전각 사방에 무려 오백여 명의 상급 일
류고수들이 삼엄하게 포위하고 있다는 사실을 태무천 일행은
또한 감지했다.
 이 역사적인 만남의 자리를 호위하는 것치고는 인원이 지
나치게 많고 또 삼엄했다. 이것은 누가 보더라도 포위 같았
다. 그래서 이 자리는 대화의 자리라기보다는 함정인 듯한 인
상을 풍겼다.
 이것은 실로 기묘한 상황이다.
 이십여 년 전에 태무천과 신령불사, 극현 진인 등 소위 별
유십오인으로 지칭되는 인물들이 전대 대마종과 사대종사를
별유선당으로 유인했었는데, 지금은 대마종의 친아들, 즉 이
대 대마종이 그 당시의 주역들을 초대하여 비슷한 상황을 만
들고 있는 것이다.
 사실 태무천은 독고풍을 만날 생각이 추호도 없었다. 그는
사독요마가 중원무림의 영원한 해악이라는 사실이 골수에까
지 새겨져 있는 인물이다.
 그러나 광양자가 사백인 극현 진인을 끈질기게 설득했으
며, 결국 극현 진인은 사태의 심각성을 깨닫게 되었다.
 이어서 그는 신령불사를 설득했고, 결국 좌우 호법의 간곡
한 권유에 태무천은 하는 수 없이 일단 혈풍신옥을 한 번 만
나보기만 하는 것으로 결정을 내렸던 것이다.
 대동협맹을 출발하기 전에 태무천은 광양자를 불러 무당

파가 혈풍신옥을 공격하러 갔다가 대천신등 팔혼낭차들과 싸우게 된 경위와 결과에 대해서 자세히 듣게 되었다.

또한 혈풍신옥이 정협맹주 북궁연을 만나러 갔다는 사실 등을 알게 된 후에는 마음이 크게 움직였다.

태무천 역시 중원무림을 누구보다 염려하고 사랑하는 사람임에는 분명하다. 다만 북궁연하고는 추구하는 방법에서 차이를 보일 뿐이었다.

태무천은 당하에서 혈풍신옥이 최측근 심복들만을 이끌고 대천신등 팔혼낭차 팔백여 명과 대혈전을 벌였다는 말에 큰 충격을 받았고, 그것이 결정적으로 혈풍신옥에 대한 선입관을 조금 변하게 만드는 계기가 되었다.

그는 좌우 호법과 광양자만을 대동한 채 이곳까지 왔다. 이왕 혈풍신옥을 믿고 움직일 바에는 확실하게 믿자는 것이다.

그런데 막상 약속 장소에 도착하여 무려 육백여 명의 상급 일류고수들에게 포위된 상태가 되고 보니 기분이 그다지 좋을 리가 없었다.

극현 진인이나 신령불사, 광양자도 그 사실에 몹시 신경이 쓰였으나 겉으로 내색은 하지 않았다.

각자의 개인 탁자에 향긋한 요리와 술이 차려져 있었지만 손을 대는 사람은 아무도 없었다.

"오랜만이오."

이윽고 침묵을 깨고 처음 입을 연 사람은 독고풍이다. 그는 광양자를 응시하며 잔잔하게 미소를 지었다.
 적멸가인은 이 방에 들어온 이후 대동협맹 사람들을 한차례 가볍게 일별한 후 줄곧 독고풍만 바라보고 있었다. 물론 두 눈에는 정이 듬뿍 담겼고, 얼굴에 행복한 미소가 가득 떠올라 있는 것은 두말하면 잔소리다.
 그런데 그녀는 지금 독고풍 얼굴에 떠올라 있는 너무도 따스하고 잔잔한 미소를 보면서 가볍게 놀라고 있었다.
 그가 그런 미소를 지어 보이는 것은 부인들이나 측근 사람들에게만 있었던 일이다.
 외부 사람에게 그런 표정을 지어 보이는 것을 적멸가인은 처음 보았다.
 어쩌면 그만큼 광양자를 친구처럼 생각하고 또 신뢰한다는 의미가 아니겠는가.
 독고풍의 말에 광양자는 가볍게 당황하면서도 기쁨을 감추지 못했다.
 무림의 네 거물이 모인 자리에서 독고풍이 처음 말을 건 사람이 광양자라는 것은 깊은 의미가 있기 때문이다.
 그렇지만 태무천과 극현 진인, 신령불사는 개의치 않았다. 그만한 일로 기분이 상할 만큼 수양이 부족한 인물들이 아닌 것이다.
 "무량수불… 그간 도우께서도 별고없으셨소?"
 독고풍은 빙그레 미소 지으며 자신의 목을 쓰다듬었다.

"장문인이 붙여준 목은 잘 보관하고 있소."

광양자가 자신의 목숨을 구해준 것에 대한 독고풍 나름의 인사다.

그 순간 태무천과 극현 진인, 신령불사는 똑같은 생각을 했다. 광양자가 당하대혈전에서 독고풍을 살려준 것이 과연 중원무림을 위해서 잘한 일인가, 하는 것이다.

사실 독고풍은 부친과 사대종사의 원수 중에서도 주동자인 태무천과 극현 진인, 신령불사를 앞에 두고 들끓어 오르는 복수심을 억제하느라 내심 무던히 애를 쓰고 있는 중이었다.

눈앞에 있는 자들 때문에 부친이 비명에 죽고 어머니가 그토록 오랜 세월 동안 비통해했으며, 병신이 된 사대종사가 동해의 고도 오악도에서 이를 갈고 있다는 생각이 자꾸만 먹구름처럼 피어올랐다.

만약 부친이나 사대종사가 지금 독고풍이 원수를 갚지 않고 오히려 원수들과 손을 잡으려 하고 있는 광경을 본다면 얼마나 원통해할 것인가, 하는 생각도 들었다.

"풍 랑, 한잔하세요."

영특한 적멸가인은 그런 독고풍의 심정을 십분 짐작하고 술을 한 잔 넘치도록 따라 공손히 그에게 내밀었다.

독고풍은 술잔을 받으면서 신기하게도 여태까지의 가슴속 심화가 일시에 사라지는 것을 느꼈다.

그는 사랑스럽다는 듯 적멸가인을 바라보며 그녀의 엉덩

이를 툭툭 두드렸다.

 그러자 그녀는 그가 좀 더 잘 두드릴 수 있도록 상체를 앞으로 숙이면서 엉덩이를 약간 들어 올렸다.

 그러려고 한 것이 아니라 무의식중에 나온 행동이다. 그 정도로 그녀는 완벽하게 독고풍의 여자가 됐다는 증거다.

 그런 광경을 보고도 태무천 일행은 아무런 반응을 보이지 않았다.

 광양자만이 보일 듯 말 듯한 미소를 지었을 뿐이다. 그는 당하대혈전 직후 독고풍이 중상을 입은 채 사경을 헤매는 적멸가인을 살리기 위해서 몹시 애를 태웠던 광경을 똑똑히 기억하고 있다.

 그래서 두 사람의 사랑이 얼마나 절절한지 알고 있기에 독고풍이 적멸가인의 엉덩이를 두드리는 모습이 더없이 보기 좋았다.

 아마 독고풍과 광양자가 여전히 적으로 남아 있었다면 결코 좋게 보일 리가 없었을 터이다.

 그런 점에서 사람의 앞날은 어떻게 변할는지 아무도 예측할 수 없는 것이다.

 "자! 자들 한잔합시다."

 독고풍은 술잔을 들었다가 단숨에 마셨다. 그가 상대에게 술을 권한 것은 자신의 마음속에 있는 원한의 앙금을 털어내려는 것이지 상대가 같이 건배라도 외쳐 주기를 바란 것은 아니다.

그는 이들과 오래 마주 앉아 있고 싶지 않았다. 그래서 곧장 본론으로 들어갔다.

"나는 오늘 낮에 암습을 당했소."

태무천과 좌우 호법은 별다른 반응이 없었다. 그러나 광양자가 깜짝 놀라 급히 물었다.

"누가 도우를 암습한 것이오?"

웬만한 암습이었으면 독고풍이 굳이 이런 중요한 자리에서 말하지 않았을 것이라고 짐작한 것이다.

"대천신등 십팔광세 중에 십광세였소."

"십팔광세……!"

광양자의 얼굴에 놀라움이 물결처럼 번졌다.

'십팔광세' 라는 말에 태무천과 좌우 호법도 비로소 조금 반응을 보였다.

표정은 변함이 없는데 순간적으로 동공이 확장된 것이다. 아무리 수양이 깊다고 해도 동공이 커지는 것까지 제어하지는 못하는 법이다.

아니, 수양의 깊이 차이가 아니다. 태무천과 좌우 호법은 독고풍 앞에서 감정을 드러내는 것이 자신들의 치부를 드러내는 것쯤으로 생각하고 있는 듯했다.

독고풍의 말이 이어졌다.

"십광세부터 십팔광세까지 아홉 명이 중원에 들어와서 중요 인물들을 암살하는 것이 그들의 목표요."

 그가 술잔을 집어 들어 입으로 가져가자 적멸가인이 그의 말을 받아 낮에 있었던 암습과 십광세로부터 얻어낸 정보의 일부분을 설명했다.

 그녀는 사부인 태무천을 완전히 남처럼 대하고 있었다. 태무천이 이십여 년 전에 대마종 등을 배신했다는 사실을 알았을 때, 그녀는 가차없이 등을 돌려 사형인 북궁연의 반란의 편에 섰었다. 그만큼 그녀는 정의롭고 강직한 성품의 여자였다.

 그 후, 사부가 배신했던 전대 대마종의 아들을 사랑하게 되고 또 그의 부인이 된 지금은 아예 그를 철천지원수처럼 증오하고 있었다.

 할 수만 있다면 독고풍을 대신하여 눈 하나 까딱하지 않고 그를 죽이고 싶었다. 그녀의 그런 심정은 정의감과 사랑이 빚어낸 산물이었다.

 태무천은 자신의 여제자, 아니, 여제자였던 적멸가인이 이따금씩 자신과 시선이 마주칠 때마다 흐릿하지만 번뜩번뜩 눈에 살기가 서리는 것을 발견하고 속으로 씁쓸한 한숨을 토해냈다.

 그녀가 설명을 끝냈을 때, 놀라는 사람은 광양자뿐이었다. 그는 독고풍을 전적으로 신뢰하기 때문에 그가 장강이 거꾸로 흐른다고 해도 믿을 것이다.

하지만 태무천과 극현 진인, 신령불사는 표정의 변화가 없었다. 그러기에는 방금 적멸가인이 설명한 내용이 너무 엄청났기 때문이다.

"들어와라."

그때 독고풍이 방문 쪽을 향해 나직이 말하자 문이 열리고 십광세가 들어와 독고풍을 향해 곧장 걸어갔다.

태무천 일행은 십광세의 모습과 기도, 걸음걸이 등에서 초절고수의 그것을 간파하고 적잖이 놀랐다.

그들이 십광세의 정체를 궁금하게 여길 때 그는 독고풍 앞에 서서 공손히 허리를 굽혔다.

"돌아서라."

독고풍의 명령에 십광세는 태무천 일행을 향해 돌아서서 우뚝 섰다.

독고풍을 대할 때와는 달리 초절고수의 기도가 고스란히 흘러나왔다.

그는 오직 독고풍에게만 복종할 뿐이다. 그 외 사람들에게는 여전히 섬뜩한 존재인 것이다.

독고풍이 턱으로 십광세를 가리키며 입을 열었다.

"이놈이 날 암습했던 십광세요."

그러자 태무천 등은 전혀 놀라지도 않고 오히려 어이없다는 표정을 지었다.

그들은 조금 전에 적멸가인의 설명에서 십광세가 제압됐

다는 말을 들었지만 반신반의했었다.

그런데 십광세가 버젓이 나타나서 독고풍을 마치 주인을 대하듯 하니 반신반의마저도 사라지고 아예 불신으로 돌아서 버렸다.

더구나 십광세는 어깨에 떡하니 검까지 메고 있었다.

"아미타불… 혈풍신옥 시주께선 이런 농담이나 하려고 노납들을 부른 것이오?"

신령불사는 진중히 불호를 외면서 자신이 극현 진인의 설득에 넘어가 태무천을 설득한 것을 후회하기 시작했다.

광양자는 그들이 어째서 마음을 열고 진지하게 대화에 임하지 않는 것인지 너무 답답했다. 그렇지만 그는 뭐라고 말할 입장이 아니다. 아니, 자격이 없다.

"늙은 중놈이 너무 방자하구나."

그때 독고풍 옆에 서 있던 요몽이 신령불사를 쏘아보며 싸늘한 일성을 터뜨렸다.

독고풍을 대할 때와는 달리 그녀의 표정과 목소리에서는 마기와 요기가 물씬 풍겼다.

그것을 감지한 신령불사는 그녀가 필경 범상한 사람이 아닐 것이라고 여겨 정중히 물었다.

"아미타불… 실례오만 여시주는 누구시오?"

요몽의 두 눈에서 새파란 안광이 줄기줄기 뿜어졌다.

"나는 요계이화 설란요백의 딸 요몽이다. 현재는 무적방

요마삼군단 총단주 직을 맡고 있다."

요계이화라는 말에 태무천 등의 안색이 변했다. 사대종사 중 한 명인 요선마후에게 열 명의 충직한 심복이 있으며, 그녀들이 요계십화라는 사실을 모르는 사람은 무림에 없었다.

요계십화 중에 이화면 대단히 높은 신분이다. 태무천 일행은 설마 그녀가 아직까지 살아 있을 줄은 몰랐었다.

요몽은 당장이라도 출수를 할 듯한 표정으로 태무천 일행을 쏠어보며 말을 이었다.

"네놈들이 전대 대마종과 사대종사를 배신하고, 또 탕마령을 발동하여 사독요마에게 한 짓을 벌써 잊었느냐? 그로 인해서 우리 형제자매 수만 명이 무참하게 죽었다."

태무천과 극현 진인, 신령불사의 표정이 굳어졌다. 이십여 년 전에 자신들이 저질렀던 짓이 백일하에 드러난 지금, 무림의 거의 모든 사람들이 그들을 지탄하고 있는 실정이다.

그것 때문에 이들은 거의 모든 것을 잃었다. 무소불위의 권력을 자랑하던 정협맹에서 제자에 의해 쫓겨났으며, 거느리던 거대한 세력을 강탈당했다.

그러나 무엇보다도 큰 손실은 전 무림으로부터 받아왔던 무한한 존경심과 명예를 한순간에 잃었다는 사실이다.

현재 대동협맹은 별유십오인들의 방, 문파가 주축이 되어 무림으로부터 철저한 외면을 당한 채 초라하게 명맥을 유지하고 있는 형편이다.

하지만 옛말에 썩어도 준치라고, 아직 대단한 세력을 지니고 있는 것 또한 사실이다. 별유십오인의 방, 문파들이 워낙 거대하기 때문이다.

태무천과 극현 진인, 신령불사 등이 정협맹에서 축출됐으면서도 대동협맹이라는 집단을 만든 이유는 단 하나다.

그들 역시 중원무림을 진심으로 염려하고 있기 때문이다. 무림이 그들을 질타하고 있지만 그들은 자신들의 방법이 옳았다고 지금도 굳게 믿고 있다.

그렇기 때문에 다시 그런 상황이 재현되더라도 이십 년 전과 같은 행동을 서슴지 않을 것이라고 생각한다.

요몽의 준열한 질타가 계속됐다.

"네놈들이 대마종과 사대종사에게 그런 짓을 하지 않았으면, 그리고 탕마령으로 사독요마 고수들을 수만 명이나 학살하지 않았으면, 대천신등이 재침공을 해와도 지금처럼 불안할 필요가 없었을 것이다! 네놈들은 이십여 년 전에도 중원을 망치더니, 그것 때문에 지금도 중원을 망치고 있는 것이다!"

그녀의 말 한마디 한마디는 반박할 여지가 없이 옳았다.

태무천 등이 아무리 자신들의 신념이 옳다고 주장해도, 현 시점에서 볼 때 요몽의 말은 정확했다.

"그럼에도 불구하고, 전대 대마종의 친아들이며 이대 대마종이신 주군께서 백번 양보하여 네놈들을 친히 불러 대천신등의 중원 채침공에 대해서 논의를 하시려는데, 도대체 네놈들의 지금 작태는 무엇이냐?"

"아미타불……. 여시주, 본 맹의 맹주와 노납 등은 힘을 합쳐서 대천신등의 중원 재침공에 대비하는 것에는 이론의 여지가 없소이다.. 다만 지금 눈앞에서 벌어지고 있는 일이 너무 허무맹랑해서……."

"갈(喝)! 닥쳐라! 늙은 중놈아!"

요몽이 입에서 불을 토하듯이 일갈했다.

"십광세부터 십팔광세까지 아홉 명이 주군과 정협맹주, 그리고 태무천 너와 구파일방의 장문인, 이십오맹숙, 중원삼십육태두의 우두머리를 암살하러 중원에 들어온 것은 틀림없는 사실이다!"

그녀는 우뚝 서 있는 십광세를 가리켰다.

"이놈은 주군께 심지가 제압되어 그런 사실들을 모두 실토했다. 그래서 우리는 정협맹주를 비롯한 암살 대상들에게 급히 서찰을 보내 암살에 대비하도록 했다. 너희는 이곳으로 오는 도중이기 때문에 따로 고수들을 보내서 호위하도록 했던 것이다!"

태무천 등은 그제야 무창으로 오는 도중에 자신들을 먼발치에서 빽빽이 에워싼 채 같이 이동했던 백여 명에 대해서 알게 되었다.

요몽은 분을 겨우 삭이는 듯한 표정으로 태무천과 극현진인, 신령불사, 광양자를 일일이 가리키며 날카롭게 쏘아

붙였다.

 "너희들을 죽이려고 지금 이 순간에도 십팔광세의 네 명이 호시탐탐 기회를 노리고 있을 것이다! 그래서 주군의 명령으로 너희를 보호하려고 요마삼군단의 내 수하 육백 명으로 하여금 이 주위를 물샐틈없이 호위하라고 명령했다!"

 태무천 일행의 얼굴에 아! 하는 표정이 일제히 떠올랐고, 광양자는 실제 입 밖으로 감탄을 터뜨렸다.

 하지만 광양자를 제외한 세 명은 얼굴에 복잡한 표정을 떠올렸다. 조금 전보다는 덜하지만 여전히 불신하는 기색이 역력했다.

 그 모습을 보고 요몽은 드디어 분노를 터뜨렸다. 그녀는 골수까지 사독요마 사람이라서 주군이 있는 자리라는 것을 잘 알면서도 분노를 자제하지 못했다.

 "그렇게 못 믿겠으면 당장 꺼져라! 선화루를 벗어나는 순간 네 명의 암살자에게 처참한 죽임을 당할 것이다! 어서 꺼지지 않고 무얼 꾸물거리는 것이냐?"

 지독한 모욕이다. 대부분의 사람들은 태무천 일행이 그런 모욕을 당해도 마땅하다고 생각하지만 정작 본인들은 그렇지 않았다.

 슥—

 그때 태무천이 묵묵히 일어섰다. 그러자 신령불사와 극현진인이 따라 일어섰다.

일어서지 않은 광양자는 독고풍과 태무천 일행을 번갈아 보면서 어쩔 줄을 몰라 했다.

독고풍은 입을 굳게 다문 채 묵묵히 있었다. 그 역시 태무천 일행이 이 정도까지 나온다면 그들과의 연합은 없었던 일로 하고 싶었다.

광양자의 얼굴에 안타까움이 가득 떠올랐다. 그는 어렵게 마련한 자리가 이런 식으로 끝나서는 안 된다고 생각했다. 그래서 자신이 무엇을 할 수 있는지 궁리했다.

그래서 우뚝 서 있는 십광세를 가리키면서 독고풍에게 급히 외치듯 말했다.

"독고 도우! 어떻게 저자의 심지를 제압했는지 말씀해 주시오! 그럼 세 분께서도 납득하실 것이오!"

그는 너무 조급해서 자신이 독고풍의 성 '독고'로 호칭했다는 사실조차 알지 못했다.

방문 쪽으로 걸음을 옮기던 태무천과 극현 진인, 신령불사가 뚝 걸음을 멈추고 독고풍을 쳐다보았다.

만약 광양자의 말처럼 독고풍이 그것을 증명해 준다면 떠날 이유가 없다.

독고풍과 적멸가인 두 명이 합공을 해서 십광세를 간신히 제압했다고 말했었다.

그런 십광세의 심지를 어떻게 제압할 수 있단 말인가. 그것이 태무천 등이 품고 있는 가장 큰 의문이었다.

이윽고 독고풍이 담담한 얼굴로 조용히 입을 열었다.
"나는 나보다 공력이 약한 자의 심지를 제압할 수 있소."
그는 십광세를 가리켰다.
"이놈을 제압한 직후 무공을 폐지시켰다가 심지를 제압한 후 다시 무공을 회복시켜 주었소."
태무천 등은 어떻게 그런 일이 가능할 수 있느냐는 표정으로 독고풍을 주시했다.
그러면서 '우리 중에서 너보다 공력이 약한 사람은 없다'라는 듯한 표정을 지었다.
독고풍이 약간 거만하게 태무천 일행 세 명을 슥 훑어보며 중얼거렸다.
"누가 한번 시험해 보겠소?"
자부심이 강한 인물들은 망설임이 없다. 독고풍의 말이 끝나자마자 세 사람이 즉시 입을 열려고 했으나 신령불사가 제일 빨랐다.
"아미타불. 노납이 한번 시주의 고명한 수법을 견식해 보도록 하겠소."

『대마종』 10권에 계속…

은하의 계곡
무천향
武天鄕

허담 新무협 판타지 소설

뿌리를 찾아가는 목동 파소의 여행.
그 여정의 끝에서
검 든 자들의 고향 대무천향(大武天鄕)을 만난다.

검객 단보, 그는 노래했다.

…모든 검 든 자들의 고향 무천향.
한 초식의 검에 잠든 용이 깨어나고, 또 한 초식의 검에 잠든 바다가 일어나네.
검의 흐름을 따라가다 보면 어느새, 세월도 잊어버리고, 사랑도 잊어버리고,
무공도 잊어버려…….
결국에는 자신조차 잊어버리는…….

은하의 가장 밝은 빛이 되어버린다는
그 무성(武星)들의 대지(大地).

아, 대무천향(大武天鄕)이여!

유행이 아닌 자유추구 -
WWW.chungeoram.com
Book Publishing CHUNGEORAM

閻王眞武
염왕진무

김석진 新무협 판타지 소설

"그, 그럼 어디서 오셨습니까?"
무심히게 고개를 돌리며 진무가 속삭이듯 말했다.

……지옥에서.

인간이라면 절대 익힐 수 없다는 강호삼대불가득!
그것에 얽힌 비사를 풀기 위해 그가 강호로 나섰다!
피처럼 붉은 무적의 강기, 혼돈혈애를 전신에 두르고
수라격체술과 염왕보로 천하를 질타하는 쾌남아, 진무!
염왕의 진실한 무학을 발현하여 무림삼패세와 고금십대천병을
이겨내고 속세의 악업을 심판하는 진정한 염왕이 되어라!

이제 강호는 진무의
일거수일투족에 열광한다!

WWW.chungeoram.com
BOOK Publishing CHUNGEORAM